集英社オレンジ文庫

契約結婚はじめました。

~椿屋敷の偽夫婦~

白川紺子

本書は書き下ろしです。

目次

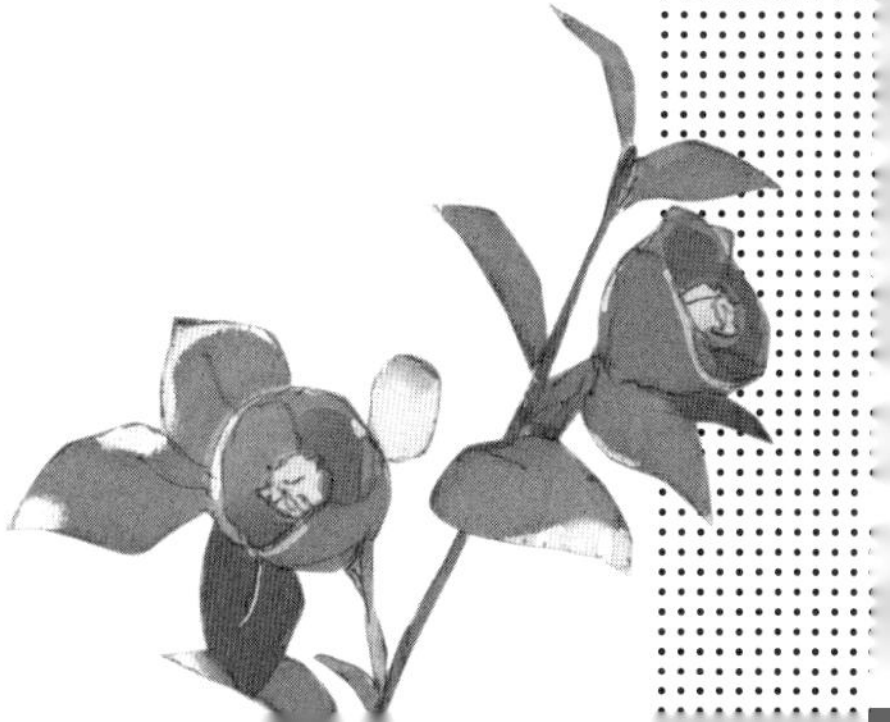

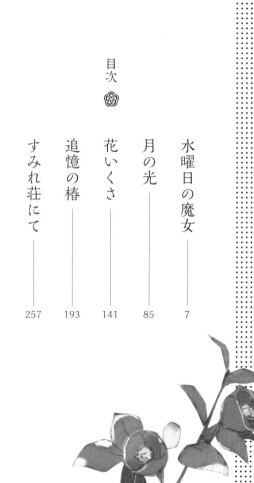

イラスト／わみず

契約結婚はじめました。
椿屋敷の偽夫婦

水曜日の魔女

寿町《ことぶきちょう》四丁目一番地、通称〈椿屋敷《つばきやしき》〉――それが私だ。

築六十余年の古びた一軒家である。古いうえに、こぢんまりとしている。だが、ただ古いだけの家だと思わないでほしい。年季《ねんき》が入っているぶん、味わいがあるのだ。玄関の戸などは開けるときに少々がたつくものの、嵌《は》めこまれた磨《す》りガラスに椿の模様が入っていて、代々の家主のお気に入りだ。水まわりもリフォームされているので、暮らすうえで不便はないだろう。見た目は古いが、そう悪いものでもない。

目下、私を悩ませているのは、割れた屋根瓦《がわら》の下に住みついたスズメの一家である。以前、割れた瓦の様子を見に家主がはしごをかけてのぼってきたが、このスズメ一家を見るなり、のんきに笑って降りていったので、放置されたままだ。屋根の下に巣を作られるのは、むずむずとしてどうも落ち着かないのだが、家主が撤去しないのであれば私にはどうしようもない。

今日も今日とてこの居候《いそうろう》たちは朝からうるさかったが、それはひさしぶりによく晴れて、やわらかな陽射《ひざ》しに包まれたからかもしれない。私も陽光に屋根瓦がぬくぬくとあたためられて、とても気分がいい。冬の厳しい寒さも、ようやくゆるんできたようだった。このまま春に向かってくれればいいのだが。家だって、冬は寒いし夏は暑いのである。

庭先の椿も、この陽気に気を許してか、蕾《つぼみ》をほころばせつつあった。赤、紅《くれない》、白、薄紅《うすべに》、白に赤の混じったもの、あるいはその逆――ひとくちに椿といっても、花弁の色から形から、いろんなものがある。いずれの花も、濃く暗い緑の葉の上に、あるいは陰に、清々《すがすが》しい光を落としたように咲く。にぎやかなようで、うらさびしい花だ。

早いものは秋ごろから咲きはじめ、春が近づくにつれ、この庭は椿の花で埋め尽くされる。私が椿屋敷と呼ばれる所以《ゆえん》である。

私を建てたのは辺り一帯の大地主だったひとで、そのわりに私がこぢんまりとしているのは、隠居用に建てられたものだからだ。そのさいに彼は庭師の言うことをひとつも聞かず、庭木をすべて椿にした。それから住むひとが変わっても、ぽつぽつと椿の木は増えていった。どうも皆、この庭に椿を植えたくなるらしい。その気持ちはわかる。庭いっぱい、椿の花が咲きこぼれるさまは、それはそれは美しいものだ。

ひとりの青年が、縁側から庭におりてくる。スズメを放置しているのんきな家主、篠沢《しのざわ》柊一《しゅういち》である。柊一は手にはさみをたずさえ、椿の花をのんびりと吟味《ぎんみ》していた。白いシャツの上にカーディガンを羽織り、髪も身綺麗《みぎれい》に整えた柊一は、いかにも好青年といった風貌《ふうぼう》だ。しかし目を細めて椿を眺めている様子は、孫の成長を見守る老人のようである。まだ二十七歳だというのに。

「若隠居」

黄楊《つげ》の生け垣の向こうから、ハスキーな声がかかる。

「ああ、すみれさん。こんにちは」

柊一は笑みを浮かべる。すみれさんは裏手にある〈すみれ荘〉というアパートの大家だ。今日も目の覚めるような山吹《やまぶき》色の、派手な着物を着ていた。大柄なうえにその着物なので、遠目からでもよく目立つ。身長は上背《うわぜい》のある柊一とおなじくらいなのだが、がっしりとしているのでひとまわり大きく見えた。

「あいかわらず爺《じじ》むさい子ね、のほほんとしちゃってさ。椿いじりが趣味なんて、盆栽《ぼんさい》いじりが趣味のお年寄りと変わんないわよ」

五十代にさしかかろうかというすみれさんは、化粧の濃い、華やかな顔であきれたように笑う。柊一に『若隠居』というあだ名をつけたのはすみれさんだ。若いのに隠居老人みたいな生活をしているというのと、柊一の佇《たたず》まいが老成しているというふたつの理由からである。

「すみれさん、椿、持っていきますか？　どれでも切りますよ」

「あら、ありがと。真っ赤なのがいいわ」

「じゃ、〈緋縮緬《ひぢりめん》〉にしましょう」

柊一は一本の椿に歩みより、すみれさんの言ったとおり真っ赤な椿をひと枝、切った。すみれさんの口紅とおなじ色だ。

「おじ……、すみれさんはこれからお店ですか？」

「おじさんって呼んだら罰金だって言ったよね」

「未遂ですよ」

すみれさんの本名は、和義《かずよし》という。柊一の叔父《おじ》である。彼……彼女はアパートの大家でもあるが、飲み屋街にあるバーの店主でもあった。

すみれさんはこれから店に出勤だと言って、椿を手に生け垣を離れる。

「兄さんがたまには実家に顔見せろって言ってたわよ。香澄《かすみ》ちゃんつれて」

「正月に帰りましたよ」

「近所に住んでるんだからもっと足運べってさ。あたしもそうそう帰りゃしないけど。嫁と仲よくしたいんでしょうよ」

じゃあね、と手をふり、すみれさんは去っていった。大地主である柊一の実家は、この町の一丁目にある。柊一は私を建てた大地主の玄孫《やしゃご》だ。

「仲よくねえ……」

柊一は頭をかいて、『のほほん』とすみれさんが形容した顔つきで生け垣の向こうを眺めた。と、何かに気づいたように門のほうへと向かう。こぢんまりとした私にふさわしい、小さな錬鉄《れんてつ》の門である。それを開いて、柊一は路地に出た。そこからまっすぐ、坂道が続いている。

町全体を見渡せる坂の上に私は建つ。今日のように晴れた日には、町の向こうに海も見える。その坂道を、買い物袋を両手にさげた女の子がのぼってきていた。柊一の姿に気づいて、彼女は立ちどまり、にこりと笑う。どこか子犬を思わせる、屈託《くったく》のない朗《ほが》らかな笑顔だった。

「ただいま戻りました、柊一さん」

「おかえり」

寒さがゆるんできたとはいえ、まだまだ冷える。坂道をのぼってきた彼女の頰《ほお》はりんごのように赤かった。

彼女の名前は、香澄という。歳《とし》は十九。柊一の奥さんである。――表向きは。


香澄さんがやってきたのは、息も凍るような大晦日《おおみそか》の晩だった、らしい。らしいというのは、私はそのとき眠りについていたからだ。家だって夜になれば寝るのである。

朝になったら、見知らぬ少女が雑煮《ぞうに》を作っていた。それが香澄さんだ。

長男の柊一は、両親から結婚しろ、見合いをしろとせっつかれても、のらりくらりとかわしていた。それなのに、ある日突然、嫁ができていたのである。

しかし――。

「今日の夕飯は鰤《ぶり》大根にしますね。柊一さん、前に好きだって言ってましたよね」

「うん。ありがとう」

香澄さんと柊一は、買ってきた食材を手分けして冷蔵庫にしまっている。そんな様子はまぎれもなく仲睦《なかむつ》まじい新婚夫婦に見えるのだが。

「最近、父が実家に顔を出せってうるさいんだよなあ。香澄さんをつれてこいってさ」

「えっ」

香澄さんは、ほうれん草を野菜室にしまおうとしていた手をとめる。

「ど、どうしてでしょう？　疑われているんでしょうか、わたしたちのこと」

「いや、たんに香澄さんの顔を見たいだけだと思うけどね。うちは男兄弟だから、女の子が新鮮なんだ」

香澄さんは、ほっとしたように息をつく。

「じゃあ、ばれたわけじゃないんですね」

「たぶんね」

柊一と香澄さんは、束の間、視線を交わす。――共犯者の目である。

「気をつけましょうね、ばれないように。――わたしたちが、ほんとうの夫婦じゃないって」

「入籍してるから、夫婦は夫婦だけどね」

ふたりは誰が聞いているわけでもないのに――私が聞いているが――声をひそめた。

そうなのだ。

彼らは、偽装夫婦なのである。

『僕たちが結婚するにあたって、決まりを作っておこうか』

香澄さんがはじめてここに来た翌日、向かい合って雑煮を食べながら、柊一は言った。

『まず、プライバシーは大事だよね。君の事情は昨日ある程度聞いたから知っているけど、それ以上のことは訊《き》かない』

香澄さんはうなずき、『わたしも、あなたの事情は訊きません』と答えた。

『わたし、家事は得意ですから、なんでもします。その見返りにここに置いてくださったら、ほかにはなにもいりません。あなたのお邪魔もしません』

柊一はほほえんだ。

『そんなにかしこまらなくたっていいよ。だって君は、僕の奥さんになるんだからね』

——以来、ふたりはともに暮らしている。

詳しい事情は知らない。だが、ふたりはどうやらおたがいの思惑が一致して、結婚することにしたようである。

香澄さんは働き者だ。のんびりとした柊一とは対照的に、くるくるとよく動く。いまも縁側の端から端まで、雑巾がけに勤《いそ》しんでいる。天気がいいので、家じゅうをぴかぴかに拭き清めようとはりきっているらしい。この子が来てから、私は隅々までいつもきれいだ。

柊一も掃除はしてくれていたが、彼女のように要領を得たものではなく、かゆいところに手が届かなくて、どうにも歯がゆかったのだ。

「ふう」

香澄さんはひと息ついて、背伸びをする。めずらしくぼんやりして、庭の椿を眺めた。ちょこまかとよく立ち働く香澄さんは、ひとところでじっとしていることがあまりない。肩の上辺りで切った髪に、かわいらしい子犬のような目をした彼女は、そうしてぼんやりしていると、ふだんよりも幼く、頼りなく見える。いつものそつなく家事をこなす様子は、堂に入った主婦そのものなのだが。

ぼうっとしていたのはすこしのあいだで、香澄さんは雑巾を手に腰をあげる。座敷へ入ろうとしたとき、ひかえめな子供の声が彼女を呼びとめた。

「あのう、こんにちは」

ピンクのランドセルを背負った女の子が、庭先に立っている。香澄さんは顔をほころばせた。

「こんにちは、茉優《まゆ》ちゃん。いま帰り？」

近所に住む小学五年生の茉優ちゃんである。学校への行き帰り、私の前を通ってゆくので、よく見知っている。柊一や香澄さんとも顔なじみだ。しかし、訪問してくるのははじめてだった。いったいどうしたのだろう。

「どうかしたの？」

香澄さんも不思議に思ったのか、そう尋ねる。茉優ちゃんはランドセルのベルトを握って、もじもじしていた。

「あの、若隠居さんは……」

町内の人々が柊一を『若隠居』と呼ぶので、茉優ちゃんもそう呼んでいる。『さん』をつけるあたりがかわいらしい。

「柊一さん？　いま仕事中なの」

茉優ちゃんは目を丸くした。

「若隠居さんって、お仕事してるんですか」

日がな一日、家のなかにいることの多い柊一を、働いていないと思っているご近所さんは、けっこういる。

「柊一さんに、なにか用事？」

「えっと……あの、相談があるんです」

「相談？」

茉優ちゃんが、柊一に？　なんだろう。

香澄さんは目をぱちくりさせたが、すぐに笑みを浮かべて、「どうぞ、縁側からあがって。ちょっと待っててね」と小走りに奥に向かう。香澄さんは、動くときはだいたい小走りだ。

香澄さんは奥座敷のふすまの前で、柊一に声をかける。その向こうが柊一の部屋である。

「柊一さん。お客さんですよ」

「うん？　誰？」

「茉優ちゃんです」

「へえ」

柊一は文字を打ちこんでいた手をとめる。彼の前にあるのはパソコンだ。パソコン用の眼鏡を外して立ちあがり、彼はふすまを開けた。

「茉優ちゃんが僕に、なんの用事？」

「相談があるんだそうです」

相談？　と柊一もきょとんとする。

「なんだろうね。すぐ行くよ」

「お仕事はいいんですか？」

「うん。ちょうど切りのいいところだから」

香澄さんは、ちらりと興味深そうな面持ちでパソコンを見やる。

「この仕事に興味ある？」

「あ、いえ、ごめんなさい」

香澄さんはあわてて視線を外した。

「おたがいのすることに干渉しない約束なのに」

「べつに、これくらいかまわないよ」

柊一の部屋の壁は、本棚が占拠している。ひと隅に机があり、彼はそこで朝から夕方まで、ときおり休憩を挟みつつ、執筆をしている。小説家なのである。

彼の生活は規則正しい。朝起きて、朝食を食べ、椿の様子を見てからたまに散歩に出かけ、その後、夕方の五時まで机に向かって執筆。休憩するときはたいてい縁側でお茶を飲む。夕飯のあとは本を読んで、お風呂に入って、十一時ごろには就寝。これがちっとも崩れない。『若隠居』と言われるのもわかる暮らしぶりである。

「お待たせ」

柊一は茉優ちゃんの待つ座敷にやってくると、羽織の裾《すそ》を払って腰をおろした。今日の柊一は薄鈍《うすにび》色の着物に紺鼠《こんねず》の羽織姿である。彼は日によって洋服だったり着物だったりするが、着物姿だと『若隠居』という呼び名がますますしっくりくる。

柊一が座るのとおなじくして、香澄さんがお茶を運んでくる。香澄さんお手製のママレード入りマフィンもお盆にのっていた。茉優ちゃんの目はそのマフィンに釘《くぎ》づけになっていたが、はっとしたように視線をはがして、柊一にぺこりと頭をさげた。

「こんにちは」

と、折り目正しくあいさつをする。かわいいリボンをつけた三つ編みが揺れた。編みこみだったりお団子だったり、茉優ちゃんはいつも凝《こ》った髪型をしている。母親がやってくれるそうだ。

「こんにちは」と柊一も返して笑う。茉優ちゃんにはココアを、柊一にはミルクティを香澄さんは出してくれる。香澄さんは茉優ちゃんとおなじ、ココアだ。甘党なのである。

「僕に相談ごとがあるんだって？」

マフィンを食べながら、柊一は尋ねる。「はい」と茉優ちゃんは答えたが、なかなか切りだそうとせず、マフィンをちぎっては口に運んでいる。マフィンを食べたいからしゃべれないのか、言いにくいことでもあるのか、どちらだろう。

とりあえず柊一も香澄さんも問い質《ただ》すことをあとまわしにして、マフィンを食べることにしたようだ。

「ママレードが入ってて、おいしいなあ」

柊一は香澄さんの作るものはなんでも褒《ほ》める。「香澄さんは料理も上手だけど、お菓子も上手に作るね」

香澄さんは照れたように笑う。

「わたしが作るのは、簡単なものばかりですから。マフィンなんて、混ぜて焼けばいいだけですし……おばさんだったらもっと」

「おばさん？」

「あ、いえ」

香澄さんはあわてて口をつぐみ、マフィンを口に押しこんだ。

「あのう、若隠居さん」

マフィンをお腹《なか》に収めた茉優ちゃんが、ようやく口を開いた。緊張した面持ちだ。つられて香澄さんも居ずまいを正す。

「――〈水曜日の魔女〉って、知ってますか?」


柊一も香澄さんも、ぽかんとしていた。

「水曜日の魔女?」

茉優ちゃんは神妙な顔でうなずいた。

「あ、わかった。それってあれでしょう、ほら、日曜日にやってるアニメの」

香澄さんは柊一に同意を求めるが、彼はまったくわかっていない顔をしている。

「日曜日にやってるそのアニメに、〈水曜日の魔女〉が出てくるの?」

柊一が問うと、「そうなんです」と香澄さんが答えて、「そうじゃないんです」と茉優ちゃんが言った。

「うん?」と柊一は首をかしげる。

「えっと、そうなんですけど、それとはまたべつで、あの……」

茉優ちゃんが言葉につまりながら説明しようとするのを、「うん」と柊一は鷹揚《おうよう》にうなずいて待つ。子供の話は、下手に先回りをしないのが大事であるのを彼はよくわかっている。

「学校からの帰り道に、知らない女のひとが立ってるんです。塀《へい》とかの陰からこっちをじっと見てて……。気づかれるとすぐにいなくなっちゃうんですけど、なんか怖いねってみんなで話してて」

茉優ちゃんは、ココアのカップをのぞきこみながら話す。

「いつもいるの？」と柊一が確認する。

「ううん。いるときと、いないときがあるんです。出る場所もまちまちで」

「そのひとを見かけるようになったのは、最近？」

「はい。一週間くらい前からです」

「学校の先生や、ママたちには言った？」

そう訊かれると、茉優ちゃんは困ったような顔をした。

「こないだ、一組の子が変なおじさんがいるって先生に言ったら、先生、警察に通報して、パトカーが来て、でもその男のひと、今度娘が小学校にあがるから学校の様子を眺めていただけで、それで何で通報されるんだってすっごく怒っちゃったことがあるんです。学校にも教育委員会にも怒鳴《どな》りこんで、先生たち、とってもたいへんだったって。一組の子、叱《しか》られてました」

つまり、うかつに大人にしゃべると叱られるかもしれないから、言ってないのだ。

「その子が叱られることじゃないけどなあ」

やれやれ、というふうに柊一は言う。

「それで、僕のところに相談に来たのかい？」

「ほかに知ってる大人のひとって、いなかったから」

先生や親には話せないけど、誰か大人に聞いてほしかったようだ。

「〈水曜日の魔女〉っていうのは？」

「アニメに出てくる魔女です。月曜日とか、金曜日とかの魔女もいます。魔女は敵なんです」

その敵と、変身した女の子たちが戦うアニメだそうだ。魔女は月曜から金曜までいるそうな。

「土曜日と日曜日の魔女はいないんだ？」

「〈土曜日の魔女〉と〈日曜日の魔女〉は、いい魔女なんです。だって土曜と日曜って、休みだから」

わかるような、わからないような理由だ。

「〈水曜日の魔女〉っていうのは、子供をつけねらって、攫《さら》う魔女なんです。攫った子供を、魔女の種にしちゃうの。魔女の種を育てると、モンスターになっちゃう」

茉優ちゃんはそのアニメが好きなようだ。力説している。

「なるほど」

柊一は腕を組む。「それで、その女のひとを、〈水曜日の魔女〉って呼んでるの？」

「はい。それに、そのひと、水色のコートを着てたんです。〈水曜日の魔女〉も、いつも水色の服を着てるの」

ふうん、と柊一は考えこんでいる。

「警察か、ＰＴＡにでも相談したほうがいいんじゃありませんか」

香澄さんが言う。

「茉優ちゃんから聞いたというのは伏せて、わたしたちから情報提供すれば、どういう結果であっても茉優ちゃんが叱られることはないでしょう？」

「それはダメ」と茉優ちゃんが香澄さんのほうに身をのりだした。

「捕まっちゃったりしたら、かわいそう」

「かわいそう？」と香澄さんは目をしばたたかせる。

「だって、ただ子供を見てるだけかもしれなくって、それだったら、悪いかなあって」

「うーん……」

でも万が一のことがあってからじゃ、と香澄さんは心配そうにしている。

「じゃあ、僕が見まわりでもしようか。もしそのひとを見つけたら、どういう理由で子供たちを盗み見しているのか、訊いてみるよ」

「でも、もしそれで相手が逆上して、なにかあったら……」

「向こうは女で、こっちは男だから、そうそう力負けしないと思うけどね。どう?」

柊一は茉優ちゃんの顔をのぞきこむ。茉優ちゃんは「はい」と答えたが、まだ不安そうにする。

「でも、見つからないかも……。毎日いるわけじゃないし、通学路のどこに出るかもわからないし……」

そうだなあ、と柊一はちょっと天井を見てから、顔を戻した。

「それじゃあ、見まわりに加えて、注意しましょう、って連絡を回すのがいいかもしれないね」

「連絡?」

「回覧板に注意書きを入れてもらったり、不審者情報をメールで送ってもらったり。自治会長さんに頼んでみようか?」

茉優ちゃんの顔が明るくなった。

「そんなことできるんですか?」

「うん」

昔からの名士である大地主の家の息子が言うことだから、自治会長も真面目《まじめ》に取り合ってくれるだろう。

茉優ちゃんは肩の荷がおりたようにほっとした顔になって、ココアを飲みほした。

「その女のひとがどんなひとだったか、覚えてる？」

柊一は部屋からメモ帳とペンを持ってきた。

「えっと……髪は長かったです。茶色くて。それで、サングラスしてました」

「この時季にサングラス？」

香澄さんが眉をひそめている。いかにもあやしい。

「それから、あと、変な時計してて」

「時計？　腕時計かな？」

「はい。猫の形してました。子供のおもちゃみたいだったから、変なのって思ったんです」

猫の時計、と柊一は記《しる》している。

「何歳くらいのひとか、わかるかな？」

「あたしのママより若そうで、でも、香澄さんよりは上です」

「二十代後半くらいかな」

柊一はメモをとり終えて、ペンを置いた。

「わかった。これで連絡しておくよ」

茉優ちゃんは安心したように笑った。

——しかし、これがのちに騒動を巻き起こすことになるとは、私はすこしも予想しなかったのである。

柊一が帰ってきたのは、ちょうど夕飯ができあがるころだった。台所には醤油《しょうゆ》の甘辛いにおいがただよっている。

「ああ、いいにおいだ」

うれしそうに柊一は台所に入ってきた。香澄さんがふり返る。

「おかえりなさい。長いことかかりましたね」

「自治会長さんとは囲碁《いご》仲間なものだから、一局打とうって誘われてさ。でも、ちゃんとお願いしてきたから、大丈夫だよ」

柊一は鍋をのぞきこむ。鰤と大根が飴《あめ》色に照り輝いている。祖父母がここに住んでいたとき、柊一は子供のころから入り浸っていた。祖母の作る料理のなかで、柊一が一番好きだったのが、鰤大根だ。彼の母親が作る料理でなにが一番好きかは、知らない。

香澄さんは作っておいたネギの味噌《みそ》汁をあたため直し、鰤大根を器に盛る。食卓にはすでにほうれん草のおひたしや、にんじんのたらこ炒《いた》めなどが並んでいた。

席について、いただきます——と手を合わせたところで、呼《よ》び鈴《りん》が鳴った。ちなみに私にとりつけられた呼び鈴は古いものなので、いまどきのピンポーン、という軽やかな音ではなく、キンコン、とどうにも無愛想な、かたい音が鳴る。

訪問客が誰なのか、私にはわかっている。腰をあげかけた香澄さんを制し、「僕が出るよ」と柊一が玄関に向かったので、私はほっとした。香澄さん向きの客ではなかったからだ。

玄関の戸を開けるのにはちょっとしたコツがいる。右側をわずかに持ちあげてから動かすと、がたつかずに開くのだ。そんなことはとっくに知っている柊一は、難《なん》なく戸を開けて、訪問客と相対した。

「なんだ、檀《まゆみ》か」

客の顔を見て、柊一は笑う。訪ねてきたのは、彼の弟の檀であった。二十一歳、大学生である。

「小春《こはる》も一緒か」と柊一は三和土《たたき》にしゃがみこんだ。檀の足もとに、一匹の柴犬が行儀よくおすわりしている。篠沢家の飼い犬、小春だ。頭を撫《な》でる柊一に、小春は巻き尾をひかえめにぱたぱたとふった。

檀は戸をがたがた言わせて閉めると、男前だが兄とすこしも似ていない無愛想な顔で、手に持っていた袋をさしだした。

「これ、千鳥屋《ちどりや》のどらやき。母さんが、おすそわけに持ってけってさ」

「へえ、ありがとう。香澄さんが好きなんだよ、ここのどらやき」

香澄さん、と柊一が言ったとき、檀はぴくりと眉をよせた。会話を聞きつけてか、よせばいいのに、香澄さんは玄関にやってくる。まあ、義弟が来ているのに知らんぷりしているわけにもいかないだろうけれど。

檀の顔はますます不機嫌そうになった。彼は、香澄さんが嫌いなのだ。ふたりの結婚に最後まで、というかいまも反対しているのが彼である。

「こんばんは」

「……」

「檀、あいさつはちゃんとしなさい」

穏やかに、しかし、ぴしゃりと柊一が言った。

「……こんばんは」

檀は柊一の言うことはよく聞く。昔から優秀な兄のことを、敬《うやま》っている節《ふし》があった。その彼がなぜ兄の結婚に反対しているかといえば、香澄さんが『若すぎる』というのと、『財産目当てだろう』と疑っているからである。財産目当てというのとは違うが、柊一と香澄さんはふつうの夫婦ではないので、ある意味、檀の勘は鋭いと言えるのかもしれない。

「小春ちゃんもこんばんは」

香澄さんが上がり框《かまち》に膝《ひざ》をつくと、小春は耳をぺたりと伏せて、しっぽをふる。頭や首の辺りを撫でられると、いっそう小春のしっぽは左右に揺れた。小春はひとなつこい犬だがひかえめなので、飛びついたり興奮したりすることはない。しかし気に入っている人間に対する反応は顕著《けんちょ》である。檀が不機嫌そうに「小春！」と呼ぶと、小春はなにを叱られたかわからず無邪気な瞳《ひとみ》を檀に向けた。香澄さんが遠慮して小春から離れる。

　檀は柊一と香澄さんをじっと見比べた。

「なんか、いつまでたっても夫婦って感じしないよな、兄さんたち」

「えっ」と柊一と香澄さんは同時に声をあげる。

「……そう？　どんなところが？」

「なんとなく」

　やはり、檀の勘はあなどれない。

「もう帰る。兄さん、変な生命保険とかに入ったりするなよ」

　柊一に咎《とが》められる前に、檀は香澄さんにまだしっぽをふっている小春を抱《かか》えあげると、玄関を出ていった。柊一はため息をつく。

「ごめんな」

「え、いいえ」

　香澄さんは首をふる。

「あいつは昔から、妙に勘がいいんだよなあ。気をつけないと」

台所に戻ると、味噌汁はもう冷めていた。

「あたため直しましょうか」

「そうしようか。まだ口つけてないし」

味噌汁があたたまるのを待つあいだ、鍋を見つめながら、香澄さんはぽつりと言った。

「檀さんは、お兄さんが大好きで、心配なんですね」

まあねえ、と柊一は苦笑する。

「檀さんには打ち明けてみたらどうですか？　わたしたちのこと」

「あいつはダメだよ、融通《ゆうずう》がきかないから」

「でも、黙っているのは良心が痛みませんか？」

「僕はそんなに良心的な男じゃないよ」

香澄さんは驚いたように柊一をふり返った。

「うん？」

柊一は首をかしげる。

「……いえ、なんでもないです」

味噌汁がふつふつと煮立ちそうになって、香澄さんはあわてて火を消した。

「これは〈紅乙女《こうおとめ》〉」

　柊一は椿の枝を切る。枝先に濃い紅色の花が咲いていた。

「かわいらしい花ですね」

　手渡された枝についた花を、香澄さんはしげしげと眺める。

「江戸時代からある品種だよ。こういうのを、千重《せんえ》咲きというんだ。花びらがたくさん重なっていて、雄《お》しべが見えない形のもの」

　代々の家主とおなじく、柊一もまた椿の生育には熱心だ。孫のように大事にしている。十二月ごろから咲く〈紅乙女〉は、咲き終わって地面に落ちているものも多い。椿の、完璧な花の形を保ったまま落ちているさまは、花弁が一枚、一枚と散る花とはまた違った、高潔で近づきがたい美しさがある。

「こっちは〈杵築《きづき》日の丸〉」

　柊一はべつの椿を切る。白い花弁の中心近くが赤い、変わった椿だ。

「この椿は面白くてね――」

　香澄さんにその枝をさしだしたとき、「あの」と生け垣のほうから声がした。この生け垣はちょうどよい高さだからか、昔からよく生け垣越しに声をかけてくるひとは多い。いま声をかけてきたのは、三十代くらいの女性だった。彼女は――。

「ああ、知春《ちはる》さん。ひさしぶりですね」

柊一がにこやかにあいさつする。彼女は樽井《たるい》知春。茉優ちゃんのママだ。知春さんは樽井家の長女で、柊一とは子供のころからの知り合いだ。長女だから、茉優ちゃんのパパ——つまり知春さんのだんなさんは、婿《むこ》養子である。勤め先で出会ったひとらしい——などという話を私のもとに運んでくるのは、スズメたちだったり、通りがけに柊一に話しかけてゆくおしゃべりなおばさんたちだったりする。ちなみに樽井家は知春さんが結婚した十三年ほど前に二世帯住宅に建て替えたそうで、なかなかいい家だそうだ。

「茉優ちゃんは元気にしてますか？」

〈水曜日の魔女〉のことを茉優ちゃんはママにも話していないようだったが、家では元気にしているのだろうか。

「まあね」

知春さんは口もとだけでちょっと笑う。昔から、あまり愛想のいい子ではなかった。しっかり者で、はっきりものを言う、運動の得意な女の子。茉優ちゃんはこのママに育てられたというのに、いや、育てられたからというべきなのか、ひかえめでおとなしい子になった。子供はわからないものである。

知春さんはすこし迷うように椿に目をやっていたが、

「ちょっと、あがらせてもらってもいい？」

と言った。——なんだろう？

「回覧板を見たんだけど」

知春さんは出されたお茶を飲んでから、そう切りだした。

「最近、不審者が出没してるみたいだっていう」

「ああ」と柊一はあいづちを打つ。「〈水曜日の魔女〉ですね」

茉優ちゃんが相談に来てから、一週間がたっていた。ちょうど不審者情報を載せた回覧板が回っているころだろう。柊一は下校時刻に通学路を見まわっているが、収穫はない。

「水曜日の魔女?」

「子供たちのあいだでは、そう呼ばれているみたいです」

「ああ、そうなの」

〈水曜日の魔女〉って、あの日曜のアニメに出てくるキャラでしょ、とさすがに子供を持つ母である知春さんは知っていた。

「それがどうかしたんですか?」

「うん……」

知春さんはお茶を眺めて、ひとつ息を吐いた。なぜだか、顔がちょっと怒っている。

「その不審者ね、うちの真紀《まき》じゃないかと思うのよ」

「真紀ちゃん?」

それは誰のことだったか——と、私はすぐに思い出せなかった。家も六十年を過ぎると忘れっぽくなっていけない。

「知春さんの妹さんだよ」

柊一が香澄さんに説明している。そうそう、知春さんの妹だ。思い出した。

「どうして真紀ちゃんが不審者だと思うんです？　真紀ちゃんは、隣の市だったかでひとり暮らししてるんでしたっけ」

「五年前まではね。いまはどこでなにしてるんだか」

「まさか、行方不明なんですか？」

「そういうわけでもないんだけど。気まぐれに連絡してくるから。最近は連絡もなくって、なにやってるのかと思ってたんだけど……」

知春さんは眉間《みけん》に皺《しわ》をよせた。

「水色のコートに茶髪のロング。それに猫の形の腕時計って、ぜんぶあの子の特徴なのよ」

「そういえば、真紀ちゃんは昔から水色の服が好きでしたね」

「二十歳《はたち》こえてもそうだったわよ。特定の色に固執するのは、まだ頭が子供の証拠よ」

知春さんは手厳しい。たしかに、しっかり者の知春さんに対して、真紀ちゃんはやはり『真紀ちゃん』と呼ぶのが似合う、いつまでたっても子供っぽい子だった。

「あの子どうせ、うちに帰りたいけどバツが悪くて帰れないで、うろうろしてるのよ。それで不審者に間違われるなんて、ああもう恥ずかしい」

知春さんは頭を抱えている。まあまあ、と柊一はなだめる。

「そう決まったわけじゃありませんし」

「水色のコートも猫の時計も、そうそう被るものじゃないでしょう。もし不審者として警察に捕まりでもしたら、恥の上塗りだわ」

知春さんはうんざりした顔でこめかみを指で揉んでいる。頭痛の種であるらしい。

「僕はいま通学路の見まわりをしていますから、もし見つけたら――それが真紀ちゃんだったら、知春さんに連絡しますよ」

柊一がそう言うと、「ほんとうに？」と知春さんは身をのりだした。

「ええ」

知春さんは座り直して頭をさげた。

「お願いします。あたしが捕まえようとしても、きっとあの子、逃げてしまうと思うから。こんなこと、あなたにお願いすることじゃないんだけど」

「かまいませんよ。いまは暇ですし」

「ほんとにごめんね」

はあ、と知春さんは肩を落とす。「あの子、どうしていまになって――」

「え？」

知春さんは首をふる。

「いえ、どうしていまごろ、帰ってこようと思ったのかしらって。ホームシックかしら」

「どうでしょうね」

「ごめんなさいね、突然押しかけて。ほかに相談できるひとが思い浮かばなくて」

知春さんはようやくちょっと笑った。

「昔から、椿屋敷のご隠居って言ったら、この辺のひとたちの相談役だったでしょ。だからか、つい足が向いちゃった。柊一くんて昔から相談しやすいしね」

柊一は黙ってほほえんだ。

知春さんが帰ったあと、お茶を片づけながら、香澄さんが訊いた。

「昔から、なにかと相談を受けるタイプだったんですか？　そういうひとっていますけど」

「どうだろう。相談しやすい顔してるのかな」

「してると思います」

香澄さんは即答した。

「だからわたしも、つい相談してしまったんですから」

「ああ」

柊一はふっと笑う。「あのときね」

それがどのときなのか、私にはわからない。

それにしても、と香澄さんは言う。

「〈水曜日の魔女〉の相談をしにきたのが茉優ちゃんで、その魔女は真紀さん——茉優ちゃんの叔母《おば》さんかもしれないって、不思議な縁ですね。茉優ちゃんは、叔母さんの顔を知らないんですか？」

「長らく実家に戻ってないようだからね、真紀ちゃんは」

香澄さんはすこし首をかしげる。

「〈水曜日の魔女〉は、ほんとうに真紀さんなんでしょうか」

「さあ。見つけてみないことにはなんとも」

「見つかるんですか？」

「そうだなあ……」

柊一は、意味ありげな笑みを浮かべた。

「たぶん、見つかると思うよ」

やけに軽い調子で、柊一はそう言った。

「『見つかると思うよ』かあ……」

翌日、香澄さんは座卓を拭きながら、そうつぶやいていた。

「やけに自信満々だったけど、見つかるのかな……」

柊一はいま、いない。下校時刻に合わせて見まわりに出かけているところだった。

台所のほうから、メロディーが流れてくる。これはオーブンの音だ。香澄さんは台所へ走った。オーブンのなかのものが消えてなくなるわけではないので、そう急がなくてもいいと思うのだが。

香澄さんはオーブンの蓋《ふた》を開けて、天板をとりだす。焼いていたのは、チーズケーキだ。こんがりと焦げ目がつき、濃いチーズの香りがただよう。型ごと布巾の上に置いて粗熱《あらねつ》をとるあいだ、香澄さんはふたたび座敷に戻って拭き掃除を再開する。こまごまと、ほんとうによく動くひとだ。

粗熱がとれたケーキを型から外し、網の上で冷ましていたとき、玄関の扉が開いた。開けたのは柊一だ。香澄さんがやはり小走りで玄関に向かう。

「ただいま」

「おかえりな――」

さい、と言いかけた言葉は途切れてしまった。驚いたからだろう。私も驚いた。

柊一はひとりではなかった。水色のコートを着た女性を伴《ともな》っていた。茶色い髪に、まつげがこんもりとのったまぶた。大人っぽい化粧をしたいようだが、顔立ちが童顔なので似合っていない。高校生のころからこの子は化粧が濃かった。

真紀ちゃんだ。

「〈水曜日の魔女〉をつれてきたよ」

と、柊一は笑って言った。香澄さんは目を丸くしている。

昨日の今日で、ほんとうに〈水曜日の魔女〉を見つけてきてしまった。いったい、どうやって？

「うわー、柊一くん、マジで結婚したんだ。びっくりなんだけど」

真紀ちゃんも香澄さんを見て、まつげをバサバサさせて驚いていた。

「てゆうか、いくつ？　は？　十九？　若っ」

真紀ちゃんは、ほんとうに知春さんと似ていない。

「どうぞ、あがって」

柊一にすすめられて、真紀ちゃんは長いブーツを悪戦苦闘して脱ぐ。それからコートも脱ぐと、手首に猫型の腕時計があるのが見てとれた。いかにも安物らしい作りだったが、当人は気に入っているのだろう。座敷へと案内されるなか、真紀ちゃんは辺りにただようチーズケーキの香りに鼻をすんすんさせる。

「これってチーズケーキのにおい？　あたしめっちゃ好きなんだけど」

と言うので、香澄さんはさっそくチーズケーキを切り分けて彼女に出した。

「うわ、なにこれ、お店のケーキみたい。すごいね、店開けんじゃん」

真紀ちゃんは褒めちぎり、あっというまにケーキを平らげた。香澄さんは喜んでおかわりを運ぶ。そのあいだ、柊一は電話をかけていた。盆を持って座敷から廊下に出てきた香澄さんは、受話器を置いた柊一に近づく。

「知春さんにお知らせしたんですか？」

「うん。すぐ来るって」

「真紀さんのこと、よく見つけられましたね」

「見まわりをしていて見つけたんじゃないんだ」

香澄さんは首をかしげる。

「〈水曜日の魔女〉は、なにを見ているのかな、って思ってたんだ」

「え？」

「〈水曜日の魔女〉が真紀ちゃんなら、心当たりがあったものだから、張ってた」

「……？」

香澄さんはますます深く首を傾《かたむ》けた。

「どういう意味ですか？」

柊一はにこりと笑った。

「秘密」

呼び鈴が鳴らされたのは、真紀ちゃんが三つ目のケーキにフォークを入れようとしたときだった。真紀ちゃんはフォークをとめる。玄関に向かった柊一がつれてきたのは、知春さんだった。

知春さんは、怒った顔で真紀ちゃんを見ている。真紀ちゃんはちょっと肩をすくめた。

真紀ちゃんの向かいに座り、今日はお茶に手をつけることもなく、知春さんは「あんたね」と口を開いた。

「何でふつうに帰ってこれないの？　不審者扱いされてたんだからね、恥ずかしい」

「だってさー、お姉ちゃん怒ると思って」

「いま怒ってるのよ」

まったく、と知春さんは額《ひたい》を押さえる。

「なにが『怒ると思って』よ。連絡もしてこないで、かと思えばいきなり現れて。ほんとうに自分勝手なんだから」

真紀ちゃんはムッとしたように知春さんをにらんだ。

「だって、怒るのはほんとうのことでしょ。あたしに帰ってきてほしくないから」

知春さんはぎょっと目をみはる。

「な――なに言ってるのよ」

「あたし、気づいてたよ。あたしが電話かけると、お姉ちゃん、びくびくしてたでしょ」

「してないわよ。なに馬鹿なこと言ってるの」

急速に張りつめてゆく空気に、香澄さんがうろたえている。真紀ちゃんは、いったいなにを言っているのだろう。知春さんの顔は青ざめ、柊一だけが落ち着き払っていた。

「あたしがやっぱり家に帰るって言いだすんじゃないかとか、茉優を返してほしいって言うんじゃないかとか——」

「真紀！」

知春さんはほとんど悲鳴のような声をあげた。

「そういう話をよその家でしないで」

「いまさらじゃん。この町のひとならみんな知ってるでしょ」

「みんなじゃないわよ」

知春さんの視線はさっと香澄さんをかすめた。香澄さんはあわてて腰をあげる。

「あの、わたしは席を外しましょうか」

「べつにいいじゃん。この町に住んでたらそのうち耳にするだろうし」

知春さんは真紀ちゃんをにらむ。真紀ちゃんはきれいな色と模様で彩《いろど》られた自分の爪を眺めていた。香澄さんは柊一の顔をうかがい、どうしたらいいのか困っている。柊一がとどまるよう手で示したので、香澄さんは腰をおろした。

「茉優はね、あたしが産んだ子なの」

真紀ちゃんはあっけらかんと言った。対照的に知春さんは険《けわ》しい顔をしている。

「十九のときにね。相手の男が逃げちゃってさ、歳も歳だし、育てらんないから、お姉ちゃん夫婦が引き取って、養子にしたの。まあ、あたしはあの子を産んだだけってこと」

「あんたはあの子を産み捨てたのよ」

知春さんがたたき落とすように言った。真紀ちゃんは姉にキッと目を向ける。

「だからそう言ってんじゃん」

言っとくけど、と真紀ちゃんは知春さんのほうに身をのりだした。

「妙な心配しなくても、あたしはあの子をいまさら取り返したいなんて思ってないから。あたしに子供が育てられるわけないじゃん。邪魔だもん。いらないわよ、あんな子――」

知春さんが顔色を変え、真紀ちゃんの頰を打った。はずみで真紀ちゃんの手がティーカップにぶつかり、紅茶がこぼれる。真紀ちゃんは頰を押さえ、嚙《か》みつきそうな目で知春さんを見た。

知春さんは気が昂《たかぶ》ってか、肩で息をしている。

「だったら……どうしていまさら、あたしたちのまわりをうろつくのよ。そういうことしないでよ。あんたと茉優を会わせたくないの。あの子は何にも知らないのよ。二度と近づかないで」

真紀ちゃんは顔を背《そむ》ける。

「やっぱり、それが本音なんじゃゃん。――うろうろしてたのは、お金を貸してもらおうと思っただけ」

そう吐き捨て、バッグをつかむと、苛立《いらだ》たしげに立ちあがった。

「もう来ないわよ。それで満足でしょ」

足音も荒く真紀ちゃんは座敷を出ていった。香澄さんが、なにを思ったのかチーズケーキの皿を手に、台所に走っていった。ラップでケーキを手早く包み、さらに花柄の布巾でくるんで、玄関に走る。真紀ちゃんは上がり框に座りこみ、脱ぎにくく履きにくいブーツと格闘しているところだった。

「真紀さん」

香澄さんが声をかけると、真紀ちゃんの肩がびくりと震えた。真紀ちゃんはゆっくりとふり返る。

「チーズケーキ、よかったら持っていってください」

香澄さんが包みをさしだすと、真紀ちゃんはじっとそれを見つめた。

「……ありがとう」

ぶっきらぼうに礼を言って、真紀ちゃんはケーキを受けとると、玄関を出ていった。

香澄さんが来る前、真紀ちゃんがブーツを履きながら涙をこぼしそうだったことは、たぶん、私しか知らない。

花が終わった椿の枝を、柊一は剪定《せんてい》している。そうして間引《まび》いてやらないと、風の通りや日当たりが悪くなるのだ。そうすると花のつきも悪くなる。

「お茶、置いておきますね」

香澄さんがお盆にお茶と干菓子《ひがし》をのせて、縁側に置いた。

「うん、ありがとう」と柊一は縁側に近づいてくる。香澄さんは椿を眺めた。

「枝を切ってしまうのは、なんだかもったいないような気もしますね」

「うん。でも、適度に手を入れてやらないと、うまく育たなかったりするから。なんでもそうじゃないかな」

「なんでも？」

「手入れせずに保《たも》てるものは、そうそうないよ。ときどき形を整えたり、肥料《ひりょう》を足したりしてやらないと」

香澄さんは柊一の横顔を眺め、それから空を仰《あお》いだ。

「そうですねえ」

と、しみじみ言った。

「ちょっと、あんたたち」

生け垣の向こうから声がかかる。すみれさんがのぞきこんでいた。

「縁側でお茶をすするとか、なに老夫婦みたいなことしてんの」

すみれさんは生け垣を回りこみ、門を開けて入ってきた。今日は緑と黄色とピンクを混ぜてぐるぐると渦巻にした派手な着物を着ている。

「若い奥さんができりゃ、柊一もちょっとは若々しくなるかと思ったのに、若いほうが年寄り化してどうすんのよ」

あきれたように言って、すみれさんは手に持っていた紙袋を香澄さんにさしだした。隣町にある老舗《しにせ》和菓子屋の袋だ。

「これ、笹屋《ささや》のみたらし団子。ひとりで食べるには多いもんだから」

甘いものに目がない香澄さんは、嬉々《きき》として新しくお茶を淹《い》れてきた。笹屋のみたらし団子は、上品な小さめの団子に焦げ目がついて、飴色のたれがとろりと絡《から》んでいる。熱々の番茶がよく合いそうだ。

「これ買いに行ったとき、樽井さんとこの真紀ちゃんを見かけたわよ」

団子を食べながら、ふいにすみれさんがそんなことを言った。

「隣町にいたんですか」と柊一は団子に伸ばした手をとめる。

数日前に真紀ちゃんと知春さんがここでケンカ別れして以後、彼女たちがどうしているのか知らない。この町内ならともかく、隣町でなにをしていたのだろう？

「ええ、そうよ。びっくりしたわよ、何年ぶりで見たかしら」

十年くらいたつかしら、とすみれさんは首を傾ける。

「あいかわらず化粧が下手くそだったわねえ。あの子昔からきっちりやるのが苦手だから。姉のほうはきっちりしすぎてるけど」

足して割ればちょうどいいのに、などと言う。

「知春さんと真紀さんは、昔から仲が悪かったんですか？」

香澄さんが問うと、

「あら、あんた真紀ちゃんに会ったことがあるの？」

「あっ、いえ、そんな話を聞いて」

「あれは仲が悪いというか、そりが合わないのよ」

食べ終わった団子の串をふりながら、すみれさんは言った。ちなみにすでに三本目である。ひとりでは食べきれないと言っていたが、じゅうぶん可能なのではないかと思う。

「性格が真逆でしょ。知春ちゃんは子供のころから真紀ちゃんに細々と小言を言ってたけど、真紀ちゃんは何で叱られるのかわかんないのよね。べつにいいじゃん、って。母親も真紀ちゃんには甘かったしね。長女は厳しくしつけてしっかり者になったけど、そのぶん下の子には甘くなったみたい」

「それは不公平なんじゃ……」

香澄さんが気の毒そうな口ぶりで言う。

「そんなもんよ。どっちがいいかもわかんないし。あたしの親父《おやじ》は兄にもあたしにも厳しかったけど、孫には甘かったよねえ」

それでこんな爺《じじ》むさい孫になっちゃった、とすみれさんは柊一を指す。柊一は黙って笑った。

「柊一さんのお父さんは、やさしいひとですよね。柊一さんとよく似てる」

すみれさんが一瞬黙ったので、香澄さんは「え？」と首をかしげた。すみれさんは新たな串をとりあげ、団子を口に入れる。

「そうね。似てるっちゃ似てるわね」

「父はやさしいというより、大雑把《おおざっぱ》かな。香澄さんの前だとまだそういうところ見せてないと思うけど」

柊一が笑って言った。

「香澄ちゃんはお父さん似？　お母さん似？」

すみれさんが尋ねると、香澄さんは「母親似みたいです」と答えた。

「みたい？」

「両親を知るひとが言うには。両親はわたしが小学生のころに亡くなって、わたしは両親の知人に育てられたんです」

「えっ」とすみれさんは串を取り落としそうになった。

「そうなの？　あたし初耳よ、それ」

私も初耳である。

「柊一は知ってたの？」と訊かれ、「はい」と柊一は答える。「まあ、そりゃそうよね」とすみれさんは団子を頬張った。「そうか、それでねえ……」と妙に納得したようにうなずく。「なにがですか？」と香澄さんが訊くと、「ううん、こっちの話」と言って団子を次々と口に入れていった。

「じゃ、もう行くわ」団子を食べ終えたすみれさんは、番茶を飲みほすと、満足げに帰っていった。結局、持ってきた団子の半分はすみれさんのお腹に収まっていた。

「真紀さんは、隣町にお住まいなんでしょうか」

残された団子を食べながら、香澄さんは言う。「さあ」と柊一はお茶を飲む。

「そういえば……」と香澄さんは柊一を見る。

「真紀さんを見つけられた理由って、なんだったんですか？」

柊一は『秘密』だと言って教えてくれなかったことだ。

「いまも秘密ですか？」

「いや、あの時点で香澄さんは、茉優ちゃんが真紀ちゃんの実子だと知らなかったものだから」

「ああ……」香澄さんは思い至ったように声をもらす。

「もしかして、茉優ちゃんだったんですか？　真紀さんがうろついていた理由――」

「うん」と柊一はうなずく。

「真紀ちゃんはお金の無心をするつもりだったなんて言ってたけど、彼女がうろついていたのは樽井家の周囲じゃなくて、通学路だ。遠目に茉優ちゃんを見ていたんだよ」

「どうしてですか？　だって、真紀さんは……」

茉優ちゃんを、産んだだけ、とか邪魔だとか言っていた。ならば、茉優ちゃんを見ていたのはなぜだろう。

「真紀ちゃんの内心は知らない。だけど、口にする言葉が真実だとは限らないからね。それに、茉優ちゃん以外に真紀ちゃんに関係する子はいない。だから僕は真紀ちゃんをさがそうとするより、小学校から帰る茉優ちゃんのほうを見張っていたんだ」

その読みは当たって、帰り道の途中で茉優ちゃんを眺める真紀ちゃんを見つけたのだそうだ。

「そういうことだったんですね」

香澄さんは感心するように言った。

「結局、真紀ちゃんはなにがしたかったんだろうな。知春さんともケンカ別れになってしまったし……〈水曜日の魔女〉はもう現れない」

『もう来ないわよ』と言ったとおり、あの日以来、〈水曜日の魔女〉こと真紀ちゃんは町内に現れていないようだ。

「〈水曜日の魔女〉はもう現れなくなったんだから、茉優ちゃんの相談ごとは解決した……わけですよね」

どことなく腑《ふ》に落ちない顔ながら、香澄さんは言った。しかし柊一は、「うーん、どうだろうね」と煮え切らない返事だ。

「もうひと悶着《もんちゃく》、ある気がするよ」

——柊一は予言者なのか、と思うのは、翌日のことである。


翌日は、快晴だった。干していた洗濯物もふっくらと乾いている。鼻歌を歌いながらそれをとりこんでいた香澄さんは、ふと動きをとめた。

「あれ」

門の手前に、茉優ちゃんが立っている。茉優ちゃんはぺこりと頭をさげた。

「茉優ちゃん、どうしたの？」

「あのう……」

茉優ちゃんは庭に入ってくると椿をふり返り、眺める。それから顔を香澄さんのほうに戻した。

「若隠居さんは、いますか？」

「今日は出かけているの。夕飯までには帰ると言っていたけど……」

柊一はめずらしく、外出中だ。編集者と打ち合わせがあるとかで、東京まで出ている。ちなみ
彼はとくに必要ないからと携帯電話を持っていないので、連絡のとりようもない。ちなみ
に香澄さんも持っていないようだ。

「そうですか……」と茉優ちゃんは肩を落とした。

「柊一さんに、また相談ごとでもあった？〈水曜日の魔女〉のこと？」

茉優ちゃんは首をふる。

「ちょっと、椿のことで訊きたいことがあったんです」

「椿のこと？」

茉優ちゃんはまた椿をふり返る。

「ここにない種類の椿のことでも、若隠居さんなら知ってるかなって」

と、椿の木のひとつを指さす。

「ああいう椿で、もっと赤い色が多くて、縁《ふち》だけ白い感じの椿をさがしてるんですけど」

茉優ちゃんが指したのは、白い花で、中心の辺りが赤くなった椿だった。〈杵築日の丸〉

だ。

「そうなの……わたしは椿のことはわからないものだから」

香澄さんは困ったように眉をさげる。「ごめんね。柊一さんが早く帰ってくるといいんだけど」

なかで待ってる？　と訊くと、茉優ちゃんは首をふった。

「いいんです。ちょっと、訊いてみたかっただけだから」

そう言うと、ぺこりとまた頭をさげて、茉優ちゃんは帰っていった。ランドセルをかたかたと鳴らしながら。

――香澄さんは気になるように茉優ちゃんの去ったほうを眺めていたが、やはりなかで待たせておけばよかった、と数時間後に後悔することになる。

その日、柊一が帰ってきたのは、日が暮れたあとだった。

「おかえりなさい」

玄関まで出迎えに来た香澄さんに、「ただいま」と柊一は返す。シャツの上に羽織ったジャケットを脱いで、ふう、と息をつく。都会に出たせいか、ちょっと疲れているようだった。

「ご飯できてますけど、さきにお茶でも淹れましょうか」

「うん、ありがとう」

台所のテーブルには、鶏肉《とり》の南蛮漬《なんばんづ》けや、ネギのぬたなどが並んでいる。香澄さんがお茶を淹れると、柊一はひと口飲んで、ほっとしたように頰をゆるめた。

「そういえば、今日――」

香澄さんが言いかけたとき、電話が鳴った。電話台に向かおうとした香澄さんに、「僕が出るよ、編集さんかもしれないから」と柊一が席を立つ。

電話に出た柊一が「はい、篠沢です」と言い終わらないうちに、なにやら急《せ》いた声が被さった。柊一は面食らったように受話器の向こうに耳をすませていたが、そのうち顔つきがこわばってくる。

「いえ、こちらには――はい。僕もこの辺りをさがしますから。警察には？　そうですか」

緊迫した声である。香澄さんが不安そうに台所から顔をのぞかせていた。受話器を置いた柊一に、「なにかあったんですか？」と尋ねる。

「――茉優ちゃんが帰ってこないって」

香澄さんが目をみはる。「えっ」

「学校からは帰ってきたんだけど、そのあといつのまにか出ていったみたいで、いないんだって」

香澄さんは息をのんで、しばらく声が出なかったようだ。

「あ――あの」ようやくかすれた声を出す。

「茉優ちゃん、ここに来ました。学校帰りにですけど」

「え？」

柊一のいる電話台のほうへ香澄さんは駆けよる。

「柊一さんを訪ねて、来たんです。椿のことを知りたいって言ってました」

「椿のこと？」

「白くて、中心が赤い椿がありましたよね？　名前は何だったか――」

「〈杵築日の丸〉かな」

「あ、それです。それに似た椿をさがしているらしくて。もっと赤が多くて、縁のほうだけ白い花なんですって」

「……」

柊一は黙りこむ。

「柊一さんがいないと知ったら、帰ってしまったんですけど、待っていてもらえばよかったのかな……それか、もっと話を聞いて」

「香澄さん、落ち着いて」

おろおろする香澄さんの肩に柊一は手を置く。

「ほかになにか言ってた？」

香澄さんは思い出すように宙を見る。

「――いいえ。『ちょっと訊いてみたかっただけだから』って、帰ってしまったんです」

「その椿を、さがしていると言っていたんだね？」

「はい」

香澄さんがうなずくと、柊一はふたたび受話器をとった。どこかへと電話をかける。

「――もしもし、篠沢です。知春さん、ちょっとお訊きしますが」

電話の相手は知春さんか。

「たしか隣町に、あなたの叔母さんのお宅がありましたよね？　お父さんの妹さんの。そちらに茉優ちゃんが行っていないか、確認されましたか？　――まだですか。でしたら、訊いてみてくれませんか」

柊一は電話を切った。「どういうことですか？」と香澄さんが訊く。

「椿なんだよ」

「え？」

「それから――真紀ちゃんんだ」

ますます香澄さんはわからない、という顔をする。私もわからない。

しばらくして電話が鳴った。

「はい。――はい、え？　ああ、そうですか。よかった。――わかりました」

やりとりは短く、柊一はすぐに受話器を置いた。

「茉優ちゃん、見つかったんですか？」

「隣町の交番からいま連絡があったって。迷子になっているところを保護されたそうだ。

これから迎えに行くそうだよ」

香澄さんの顔が安堵《あんど》にゆるむ。

「よかった。――隣町の交番って、じゃあ、やっぱり隣町に行っていたんですか。その、知春さんの叔母さんの家に行こうとして？」

「たぶん」

「どうして、そんなところに……」

柊一は電話を見つめて、なにやら考えこんでいるようだった。

「とりあえず――」

と、柊一は香澄さんに顔を向けて笑う。

「ご飯にしようか」


「おいしいなあ、これ」

鶏肉の南蛮漬けに柊一は舌つづみをうっている。

「疲れたときにはお酢を使ったものがいいかと思ったので」

「うん、ありがとう。こっちのぬたもいい味だ」

ご飯を食べながらも香澄さんは茉優ちゃんのことが気になるらしく、質問したそうにときどき柊一をうかがっている。だがとりあえずご飯を食べてから、とでも思っているのか、口に出そうとはしない。

ふたりがご飯を終えて一服し、さあ、という感じで香澄さんが前のめりになったとき、玄関の呼び鈴が鳴らされた。ふたりは顔を見合わせて、そろって玄関に向かう。柊一がガラス戸を開けると、そこにいたのは知春さんだった。

「どうしたんです?」

柊一が驚いて訊く。「茉優ちゃんは戻ってきたんですよね?」

「ええ、それは大丈夫。どうもありがとう」

知春さんは頭をさげる。ただ礼を言いにきたというわけではなさそうだ。まだ不安が残っているような、複雑な顔をしている。

「柊一くんは、どうして隣町にあの子がいるとわかったの? それに、叔母さんの家って——」

「まあ、どうぞ、あがってください」

柊一は知春さんを座敷に通し、香澄さんはお茶を淹れにゆく。

「叔母さんの家には、柊一くんに電話をもらってから連絡したわ。でも来ていないって言われて、いよいよどうしようって思ったときに、交番から電話があったのよ。元気なあの子を見て心底ほっとしたけど——」

香澄さんがお茶を運んでくる。知春さんがそのお茶をひと口飲んで、苦い顔をした。

「ごめんなさい、濃かったですか？」

「ああ、いえ、違うんです」

謝る香澄さんに、知春さんは手をふる。

「――茉優が、理由を言わなくて」

はあ、と肩を落とす。

「隣町に行った理由をですか」

「ええ。どうして、どこに行こうとしたのか、訊いても黙ってるばかりで。――あなたは、どうして茉優が叔母さんの家に行こうとしたと思ったの？」

「椿があるでしょう」

柊一は言った。

「椿？　叔母さんの家に？　そうだったかしら」

「ええ。たしか、うちの祖父が、あなたの叔母さんがお嫁入りするさい、結婚祝いに椿を贈ったんですよ。それを叔母さん夫婦は庭に植えたと聞いています」

知春さんの家、樽井家は昔からこの町に住む。柊一の祖父ともつきあいがあった。それで椿を贈ったのだ。

「変わった椿を贈ったんですよ」

「はあ……」

それが？　と知春さんは目でさきをうながす。

「今日、茉優ちゃんは学校帰りにうちに来たそうです。僕は留守にしていたんですが、椿のことを訊きに来たそうで。縁が白い、赤い椿のことだったそうですが」

「茉優が、椿のことを訊きに……？」

「茉優ちゃんの言う椿が、あなたの叔母さんの家にある椿と同種のものを指しているようだったので、もしや、と思ったんです。――どうして茉優ちゃんがその椿を、その家をさがしていたのかはわかりませんが」

ただ、と柊一は迷うようにちょっと言葉をとめた。

「――ただ、隣町に真紀ちゃんがいるのを、すみれさんが見かけたそうです」

知春さんの顔がこわばった。

「真紀が――叔母さんの家にいて、茉優は、そこを訪ねようとしたとでも言うの？」

「わかりません」

知春さんは眉をよせて下を向く。

「……あたし、茉優がいなくなったとき、もしかして真紀が攫っていったんじゃ、って思ったのよ。それか、茉優をそそのかして、つれだしたか、って……。茉優は、真紀に会いに行こうとしたの？」

柊一は答えられずに黙っていた。

「まさかあの子、知っているのかしら。真紀が母親だって。あの子、なにも言ってくれない。ほんとうの母親に、会いたくなったの？　あたしが母親じゃ、いやになったのかしら」

　知春さんの顔は青ざめていた。

「自分ひとりで考えてもわからないことですよ、知春さん。ゆっくり茉優ちゃんと話してください」

「あの子はあたしには言わないわ。おとなしい子だけど、頑固なのよ。それに母親には言えないことって、あるでしょう。あたしはそうだった」

　こめかみを押さえた知春さんは、ため息をついた。

「――ごめんなさい。いろいろと迷惑かけて。茉優には機会を見て訊いてみるわ。どうもありがとう」

　知春さんは腰をあげる。帰る知春さんを、柊一と香澄さんは玄関で見送った。淡い街灯がともる路地に、知春さんの背中がぽつりと浮かびあがっていた。


　翌日、柊一は仕事の合間に縁側でお茶を飲んでいた。お茶うけに羊羹《ようかん》が出されている。風は強いが、ぬくぬくとした南風だ。春一番だろうか。

「この風で椿が落ちてしまいますね」

二杯目のお茶を注ぎながら、香澄さんが言った。春めいた若竹色の紬《つむぎ》を着た柊一は、「そうだね」と答える。風にあおられて、そのたび椿が、ふつっ、ふつっ、と花を落としていた。

「──あれ?」

香澄さんが縁側をおりて、椿に近づく。落ちた花を拾いあげた。

「この椿って、こんな花色でしたっけ」

手にした花をしげしげと見つめる。「そういえば、昨日もちょっと『あれ』っと思ったんでした、茉優ちゃんが指さしたときに──」

「ああ、それは」と柊一も縁側をおりようとしたとき、門のほうで物音がした。ふたりの目がそちらに向く。椿の木の陰からうかがうようにひょっこりと顔を見せたのは、茉優ちゃんだった。

「茉優ちゃん」

ふたりの声がそろって、茉優ちゃんはちょっとたじろぐ。柊一は笑いかけた。

「こんにちは。いま帰り?」

茉優ちゃんはぺこりと頭をさげる。「こんにちは」背負ったランドセルがかたりと音を立てた。

香澄さんは座布団を持ってきて、柊一の隣に敷く。「ここ、座って。羊羹食べる?」

茉優ちゃんはためらったが、羊羹の誘惑に抗《あらが》えなかったか、「はい、ありがとうございます」とうなずく。香澄さんは台所から羊羹とお茶を持ってきて、座布団にちょこんと腰をおろした茉優ちゃんにすすめた。

「昨日、椿のことを訊きに来てくれたんだって？　いなくてごめんね」

いなくなった騒動については触れず、柊一はそれだけ言った。茉優ちゃんは首をふる。

「これに似た椿だって聞いたけど」

柊一は香澄さんが拾った椿をさしだす。白い花びらの中心が赤い椿、〈杵築日の丸〉だ。

「はい……でも、それよりずっと赤い花です。縁だけ白いの」

「その椿をさがしているの？」

「はい」と言って、茉優ちゃんはうつむく。「でも、見つけられなくて」

「昨日もさがしに行ったんだ？」

茉優ちゃんは答えなかったが、しばらくして、こくんとうなずいた。

「隣町の家に咲いてたの、さがしたけど、見つからなくって、あっちこっちぐるぐるしてるうちに暗くなってきて、道がわからなくなって……」

茉優ちゃんの声は次第に小さくなって、消えてしまった。

「前にその家で椿が咲いているのを見たんだね？　いつのこと？」

「……去年の四月。春休み中に」

「四月か。なるほど」

なにか納得したように柊一は小さく笑みを浮かべる。彼は手にした椿をかかげた。

「——昨日、この椿が咲いている家はなかった？」

「それなら、ありました。でも、あたしがさがしているのとは違ってたから」

「茉優ちゃん」

柊一はにこりと笑った。

「それが、君がさがしている椿だったんだよ」

茉優ちゃんは目を丸くする。それから首をふった。

「ううん、あたし、ちゃんと覚えてます。あたしが去年見たのは、もっと赤い椿でした」

「うん、そうだろうね。——この椿は〈杵築日の丸〉というんだ。たしかに日の丸みたいだよね、白い花の中央が赤くて。でもね、この椿が面白いのは、次第に赤くなってゆくことなんだ」

「赤く……なってゆく？」

「そう。咲きだすのは一月ごろなんだけど、そのときはいまより赤い面積はすくないんだ。それがあたたかくなってゆくにつれて、赤い部分が増えてゆく」

あ、と香澄さんが声をあげた。「それで、違和感があって『あれ』って思ったんですね。毎日見てると違いがわかりにくいですけど」

〈杵築日の丸〉は、八重《やえ》に咲くが、大ぶりではない、すっきりとした風情《ふぜい》の花である。咲き初めのころは中心がほんのりと赤く、白が冴《さ》えて、どこか稚《いとけな》い佇まいをしている。それが徐々に赤く染まってゆくのだ。

「四月になるころには、白覆輪《しろぶくりん》――白い縁取りのある赤い椿になっている。君が見たのはそれじゃないかな？」

茉優ちゃんは目をぱちぱちさせていた。

「……じゃあ、あの家が」

そこまで言って、あわてて口をつぐむ。柊一はほほえんだ。

「この椿はね、僕の祖父が、君のママの叔母さんにあげたのとおなじ椿なんだ。隣町に住む叔母さんの家には、この椿が咲いている。君が見たのはそれだよね」

茉優ちゃんはうつむいて、スカートをつまんでもじもじしていた。

「ママの叔母さんに会いたかったの？」

「……ううん。椿が……」

言いかけて、口を閉じてしまう。柊一は強《し》いて問い質《ただ》すことなく、お茶を飲んだ。

「椿を、もらったんです」

茉優ちゃんはふたたび口を開いた。

「去年、ママがあのおばさんのうちに、はっさくを届けに行って」

「はっさく？　ああ、果物の八朔《はっさく》ね」

「近所のひとにたくさんもらって、困ってたから。帰りに買い物するっていうから、あたしもつれていってもらったんです。おばさんのうちには、ママもそんなに行くことはなくて、あたしははじめてでした。ママはちょっと届けてくるだけだからって、あたしは車で待ってました。でも、ママは玄関先でおばさんと話しこんでてなかなか戻ってきそうになかったし、庭の椿がきれいだったから、車からおりて、椿を見てたんです。そしたら――」

『椿が好きなの？』

そう、声をかけられたのだという。

「若い女のひと。どこかで見たことあるなあって思ったけど、思い出せなくて……茶色い髪で、濃いピンクの口紅してた。そのひと、あたしのほうに近づいてきて――」

そのとき、椿の花がふつりと落ちたのだという。

「そのひと、『はい』ってその椿をくれたの。それで、じっとあたしの顔見て、にって笑って、家に入っていきました。そしたらママが帰るあいさつをするのが聞こえたから、花をポケットに入れて、あわてて車に戻ったんです。なんとなく、ママには言っちゃいけない気がして、黙ってました」

家に帰って、その女性が誰だか、ふいに思い出した。

「ママの妹……写真を見たことがあるんです。一枚だけ。お祖母《ばあ》ちゃんの部屋にあったの」

茉優ちゃんは桃色のカーディガンの裾をいじって、うつむいている。

　この子は――。

「茉優、あなた」

　庭の入り口のほうから声がした。椿のそばに、いつのまにか知春さんが立っていた。

「知っていたの？」

　知春さんは呆然とした顔で立ち尽くしている。茉優ちゃんはますます顔をうつむけた。

　茉優ちゃんは、知っているのだ。自分を産んだのが、知春さんではなく、真紀ちゃんだということを。

「……いつから？」

　足をひきずるようにして知春さんは茉優ちゃんのもとへやってくると、しゃがんで娘と目線を合わせた。

「……けっこう前から……親戚のひととか、近所のひととかが話してるの聞いて、なんとなく……」

　茉優ちゃんは小さくつぶやく。知春さんはぎゅっと唇を噛んで、膝に置かれた茉優ちゃんの手に、自分の手を重ねた。

「ごめんね。こんなことなら、もっと早くにママがちゃんと話しておくんだった。――それで、真紀に会いに行こうと思ったの？」

「ママ、あたし——」

顔をあげた茉優ちゃんは、はっと言葉をとめる。視線は生け垣のほうに向けられていた。知春さんもふり向く。生け垣の向こうに、茶色い頭がのぞいていた。

　柊一が縁側をおりて近づく。

「真紀ちゃん」

　茶色い頭がびくりと揺れて、ふり返った。真紀ちゃんがバツの悪そうな顔を見せる。

「いや、これ返そうと思って来たらさ、お姉ちゃんが入っていくのが見えて、それで……」

　言い訳のようにぶつぶつ言って、真紀ちゃんは布巾をかかげた。香澄さんがチーズケーキをあげたときのものだ。

「ああ、わざわざありがとう」

　柊一は生け垣越しに布巾を受けとる。それから門のほうを手で示した。

「どうぞ、なかに入って。──かまいませんね、知春さん」

　知春さんのほうをふり返り、うかがいをたてる。

　真紀ちゃんは迷うように知春さんと茉優ちゃんを見る。知春さんは黙ったままだったが、軽くうなずいた。それで真紀ちゃんは門からなかへと入ってくる。香澄さんは縁側に座布団を並べて敷いた。茉優ちゃんを挟んで、左に知春さんが、右に真紀ちゃんが座る。

「お茶淹れてきますね」

と香澄さんが引っ込んだ。柊一は縁側の、知春さんたちとはすこし離れた位置に腰をおろす。

「……茉優がなかなか帰ってこないから、また叔母さんの家へ行こうとしてるんじゃないかと思ったの」知春さんが言う。「でもここかも、と思って来てみたのよ」

知春さんは真紀ちゃんに目をやった。

「叔母さんのところで暮らしてるの？」

「まあね」真紀ちゃんは縁側に手をつき、ブーツを履いた脚《あし》を前方に伸ばしている。

「一年くらい前から。叔父さんが二年前に亡くなったでしょ。それで一緒に暮らさないかって誘われてたのよ、叔母さんに。叔母さんたちには子供がいないし、一軒家にひとり住まいなのも物騒だしって。いまは叔母さんの紹介で、あの家の近くのお店で働いてる」

「叔母さんはあんたのこと、気にかけてたもんね。だけど去年、叔母さん家《ち》に行ったときには、そんなこと教えてくれなかったわ」

「あたしが言ったの、内緒にしといてって。隣町に住んでるなんて知ったら、うっとうしいでしょ」

「音信不通のほうがうっとうしいわよ、気になるでしょうが」

真紀ちゃんは落ち着かなげに脚を揺らす。

「だって……」ちらりと茉優ちゃんを見やる。

「電話したって、お姉ちゃんはいやそうだしさ。近くに住んでるって知ったらますます不安になるんでしょ」

知春さんも茉優ちゃんを見おろす。

「……そうね。あたしはずっと不安だった。あんたがこの子をやっぱり育てたいって言いだすんじゃないかって——ううん、それより、この子があたしじゃいやになって、あんたを選ぶときが来るんじゃないかってことのほうが怖かった。——実際、この子はあんたのとこに行こうとしたんだから」

知春さんはうなだれる。茉優ちゃんが顔をあげて、「違うよ、ママ」と言った。

「違うの？　じゃあ、誰に会いに行ったの」

「それは……真紀さん、だけど……でも……」

茉優ちゃんはうまく説明する言葉が見つからないのか、困ったようにうつむいた。

「——茉優ちゃんは、どうして僕のところに相談に来たのかな」

柊一が口を挟んだ。

「今回の件はそこからはじまったんだから、まずはそれから訊いていかないとね」

そう言って、柊一は茉優ちゃんのほうをのぞきこむ。

「相談って……？」と、知春さんはけげんそうにする。そうか、彼女は茉優ちゃんが〈水曜日の魔女〉のことを柊一に相談しに来たのを知らないのだ。

「通学路に〈水曜日の魔女〉が出るから怖いって相談に来たんですよ」

「水曜日の……ああ、子供たちが名づけたっていう、不審者——つまり、真紀のことよね？」

「ええ。茉優ちゃんにその不審者の風貌を教えてもらって、僕が自治会長さんに頼んで回覧板で注意書きを回してもらったんです」

「そうだったの——え？」うなずきかけて知春さんは、はたととまる。「待って。不審者の風貌って……茉優は前から真紀の顔を知っているじゃないの。不審者を見たなら、それが真紀だってわかったでしょう？」

茉優ちゃんはうつむいて、スカートをもじもじとつまんでいる。

「わかったから、僕のところに来たんだよね」

柊一が笑いかける。茉優ちゃんは気まずそうな顔をしていた。

「どういうこと？」

「相談を受けたときから、ちょっと妙だな、とは思っていたんです。警察や先生には絶対に知らせたくないみたいだったし——腕時計もね」

柊一は真紀ちゃんのほうを見る。

「どんな腕時計かなんて、よほど近づかないとわからないし、そもそもコートを着ていたら、ふつうは袖《そで》で隠れてしまうんだよね」

いまみたいに、と真紀ちゃんの手首を指す。たしかに、腕時計はコートの袖に隠れて見えない。

「だから、茉優ちゃんはそのひととべつの場所で会って、そのとき腕時計を見たのかな、と思っていたのだけど。——椿をもらったときに、見たのかな？」

柊一が問いかけると、茉優ちゃんは小さくうなずいた。

知春さんはこめかみを押さえる。

「待って、わからないわ。どうして、そんなことをしなくちゃいけないの？　真紀だとわかってて、あなたに相談するって——いったい、なにがしたかったの？」

柊一は茉優ちゃんを見つめる。茉優ちゃんは、スカートをいじる手をとめて、そろそろと顔をあげた。

「……ママに教えなきゃって思ったから」

「教える？」

「真紀さんがこの町に来てるって……ママなら、水色のコートとか、腕時計とかで真紀さんだってわかると思って」

知春さんは目をしばたたく。

「どうしてそんな——それに、それなら直接ママに言えばいいことでしょう？」

茉優ちゃんはうつむいた。

「なんか、ママにはあたしから言っちゃダメかなって思って。ママ、いつも真紀さんの話題になるとピリピリしてたから。あたしが言ったら、よけいそうなるかなって」

知春さんはぐっと言葉につまる。子供は、大人が思っている以上によく見ているものである。

「それで、茉優ちゃんは僕から知春さんに伝えてもらおうと思ったのかな？」

柊一が訊く。茉優ちゃんはこっくりとうなずいた。

「でも、どう言ったらいいか、わからなくて……あたしは真紀さんのこと、知らないことになってるから、真紀さんがいるよって言ったら、変なことになるかなって思って、だから――」

「〈水曜日の魔女〉が出るんだ、って？」

「それは、ほんとうにそう呼ばれていたんです、みんなのあいだで。だから、そう言って、若隠居さんがほかのひとに話してくれたら、町内に広まって、ママも気づくかなって……」

「回覧板なら知春さんの性格上、確実に目を通すだろうし、僕の提案は渡りに船だったかな」

渡りに船、がわからなかったのか、茉優ちゃんはきょとんとしていた。

「茉優、じゃあ、嘘《うそ》をついて回覧板まで回してもらったってこと？　そんな迷惑な」

厳しい声を出す知春さんに、茉優ちゃんはしゅんとした。

「ごめんなさい……」

「いや、まあ、嘘というわけでもなかったですし」

柊一は真紀ちゃんを見る。サングラスをした女がうろついて子供を眺めていたのは事実である。

「……でもさ、なんで茉優ちゃんは、そんなしてあたしのことをお姉ちゃんに伝えたかったわけ？」

黙って話を聞いていた真紀ちゃんが、口を開いた。

茉優ちゃんは真紀ちゃんを見あげる。目が合うと、あわててうつむいた。

「仲直りしてほしくて」

「え？」

「真紀さんがうちに帰ってこないのも、ママがぴりぴりするのも、あたしのせいですよね。あたしは、そういうのが、すごくいや」

ひとこと、ひとこと、区切るようにはっきりと茉優ちゃんは言った。茉優ちゃんにしてはめずらしい。

「自分が、知らないうちに、なにかの原因になってるっていうのが、すごくいやなんです。だって、それはあたしにはどうにもできないことだから」

うまく言えないけど、と茉優ちゃんは自分の足を見つめている。

「あたしにはどうしようもないことで、あたしが原因になっていてほしくない……」

茉優ちゃんの言葉に、知春さんと真紀ちゃんのあいだに沈黙が落ちた。

「ちょっと、茉優ちゃん」

真紀ちゃんが、茉優ちゃんの額を指先で小突《こづ》いた。茉優ちゃんは目をぱちぱちさせる。

「悪いんだけどさあ、あたしとお姉ちゃんの仲が悪いのは昔からだから。お姉ちゃんは家つき娘だし、遅かれ早かれ、あたしは家を出てたのよ。仲直りしろって言われてもねえ」

ねえ、と知春さんを見る。知春さんは渋い顔をしていたが、はあ、とため息をつく。

「子供に『自分が原因』だと思わせるなんて、最悪よ。茉優、あなたのせいじゃないから。真紀の言うとおり、昔からこうなのよ」

「……でも……」

「ごめんね。仲の悪い姉妹もいるのよ。――でも、だったらあなたが叔母さんの家に行こうとしたのは……」

「真紀さんが、現れなくなったから。どうしたのかと思って」

知春さんは、肩の力を抜いた。「そう……」

「ほらね」

真紀ちゃんが皮肉っぽい笑みを浮かべた。

「ママがいやになってあたしのとこに来るとか、あるわけないじゃん。自分を捨てた母親なのにさ」

そう言ってそっぽを向く。知春さんは、真紀ちゃんを見つめた。

「……あんた、泣いてたじゃない。茉優を手放すとき。自分で育てるって聞かなくて、お母さんに説得されてようやく了解してくれたんじゃない」

知春さんは唇を噛んだ。

「捨てたなんて、あたしもほんとうは思ってない。ごめん」

真紀ちゃんはそっぽを向いたまま、

「思うとか、思わないとかじゃないよ。事実なんだから。それでいい」

小さな声で言って、彼女もまた、唇を噛む。そうしないと、たぶん、泣いてしまうからだ。

「この子を見に来てたんでしょう。お金を借りたかったなんて、嘘」

「……」

真紀ちゃんは答えない。しばらくして、ぽつりと言った。

「あたしは馬鹿なんだ」

突き放すような声だった。

「去年、茉優ちゃんと会っちゃって、なんてかわいいんだろうって思った。我慢してたけど、できなくなって、見に行った。それで、あたしって馬鹿だなあってつくづく思ったんだ」

真紀ちゃんは力なく笑った。

「もし――もし、あたしが茉優ちゃんを育てていたら、どんなだっただろうな、なんて考えてた。でもさ、現実の茉優ちゃんは、いつも凝った髪型にしてもらって、かわいいヘアゴムなんてつけて、ランドセルはなんかキラキラしたピンクだし、利口そうで、礼儀正しそうで、すごくちゃんとしてた。あたしが育てたんじゃ、きっと与えてあげられないものでいっぱいだった」

あたしは馬鹿だ、と真紀ちゃんはつぶやいた。

「目《ま》の当たりにするまで、わかってなかった。お母さんがさ、言ってたじゃん。お姉ちゃんたちの子供になったほうが、ちゃんと育つに決まってるって。あたし、『ちゃんと』の意味が、茉優ちゃんを見ててやっとわかったんだよね。お母さんはお姉ちゃんに厳しかったけど、結局信用してるのはお姉ちゃんのほうなんだ。そんで、それは正解だった」

真紀ちゃんは目もとをごしごしこする。化粧がにじんで黒くなった。

「お姉ちゃんに言ったことはさ、半分、自分に言ってたんだよね」

『あたしはあの子をいまさら取り返したいなんて思ってないから。あたしに子供が育てられるわけないじゃん。邪魔だもん。いらないわよ、あんな子――』

「あたしに子供は育てられないって。それにあれだけ言えば、お姉ちゃんもあたしが茉優ちゃんを取り戻そうとするかもなんてもう考えないでしょ」

今度は、知春さんが黙りこむ。

「――あの」

お盆を手に座りこんでいた香澄さんが、声を発した。お茶と羊羹を運んできたのだが、出すタイミングがつかめずに、縁側の端に控えていたのだ。

「わたしは真紀さん、じゅうぶん、ちゃんとしたひとだと思いますけど」

真紀ちゃんは香澄さんをふり返る。

「なにをもって『ちゃんと』なんていうのか知りませんけど、わたしはそう思います。ケーキをおいしいって食べてくれたし、『ありがとう』って言ってくれたし、布巾も返しにきてくれました」

「……そんなの、たいしたことじゃないじゃん」

「たいしたことじゃないことを、ないがしろにしないのが大事なんだと思います。一事が万事ですから」

香澄さんは真面目な顔で言う。

「僕も香澄さんに一票だな」と柊一が手をあげた。

真紀ちゃんは目をしばたたいている。さっきこすったので、目のまわりが崩れた化粧でひどいありさまだ。

知春さんが、ふうと息をついた。

「……あたしはあんたが思うほどちゃんとしてないし、あんたは、自分で思うほど、ろくでもない人間じゃないと思うわよ」

真紀ちゃんは姉の顔を眺める。

「お姉ちゃんがあたしのこと、褒めるなんて。怖いんだけど」

「褒めてないから。あたしからしたら、あんたはやっぱりちゃらんぽらんよ」

知春さんは顔をしかめて、こめかみを揉んでいる。真紀ちゃんはそっぽを向いたが、顔はちょっと笑っていた。

「お茶、淹れ直してきますね。冷めちゃった」

香澄さんは台所にさがろうと腰をあげた。それを「いいよ、べつに」と真紀ちゃんが引きとめる。

「もったいないじゃん。あたし、ぬるいほうがいいし」

あたしも、とひかえめな声で茉優ちゃんも言う。

「うちはみんな猫舌なのよ。あたしもそう」

正反対な姉妹でも、猫舌なのはおなじらしい。

「こういうところが似るのって、妙な感じよね……」

知春さんはつぶやいて、お茶をすする。羊羹を食べる三人のうしろ姿は、面白いくらい似通っていた。

　今日の夕食は、春巻きらしい。

　香澄さんは春巻きの具にする、細切りにした豚肉やら野菜やらを炒めて皿に移す。片栗《かたくり》粉《こ》でとろみがついた具は、つやつや、とろっとして、湯気をあげていた。それを冷ますあいだに彼女は高菜《たかな》チャーハンの準備をする。香澄さんの料理はいつも手際《てぎわ》がいいので、きっとここに来る前もふだんから料理をしていたのだろう。

「なにか手伝おうか？」

　生姜《しょうが》のみじん切りを終えたところで、柊一が台所に入ってくる。

「いえ、大丈夫ですよ。お仕事なさっててください」

「ちょっと行き詰まってるものだから、体を動かしたほうがすっきりするんだ」

　そうですか、と香澄さんは冷ましている具や春巻きの皮が並ぶテーブルの上を見渡し、

「じゃあ、春巻きの具を皮に包むの、手伝ってもらっていいですか？」と頼む。

「うん、わかった」

　柊一もひとり暮らしのあいだに腕を磨いたので、たいていの料理はできる。冷めた具を皮にのせると、空気を入れないようしっかりと巻いて、水で溶いた小麦粉で端をとめる。

「お上手ですねえ」

香澄さんはすっかり感心したようで、巻くのを柊一に任せると、揚げる準備にかかった。

この夫婦はにせもののわりに息が合うし、仲もいい。

ゆっくりと温度をあげてゆく油を見つめながら、香澄さんは言う。

「茉優ちゃん家、今日はちらし寿司《ずし》だって言ってましたね」

「真紀ちゃんの好物なんだよ」

「ああ、そうなんですね」

知春さんたち三人は、お茶を飲み終わると帰っていった。真紀ちゃんも今日はひさしぶりに実家に顔を出して、一緒にご飯を食べているだろう。知春さんがそうしろと言ったのだ。

「真紀さんは、一緒に暮らしはしないんでしょうか」

「実家で？　ないんじゃないかなあ。もういい大人だしさ。それに、あの姉妹は離れていたほうがうまくいくと思うよ」

「そうですか？　言うほど仲が悪くはないと思うんですけど」

「離れていればこそだろうね。一緒に暮らしていると、距離がとれないから」

柊一は春巻きを手際よく包みながら答える。

「他人でも家族でも相性があるのはおなじなのに、家族だと離れるのは難しいだろう？

一緒に暮らしているとなおさら、逃げ場がない。他人だと我慢できることが、家族だと我慢できないこともある」

香澄さんは、じっと油を眺めている。彼女がなにを考えているのか、私にはわからない。鍋の底に小さな泡ができはじめ、ふつ、ふつと浮きあがってくる。

「……茉優ちゃんは、いつ知ったんでしょう、産みの母親が真紀さんだってこと。けっこう前、と言ってましたけど。とてもショックだったろうに、いままで黙ってたんですよね」

「決定的なことを言われなくとも、言葉の端々《はしばし》で察したんだろうね、賢《かしこ》い子だし。よけいなことを言ったひともいたかもしれない。そういうひとは、どこにでもいるから」

「そうですね……」

「僕がそうだったからね」

「え？」

香澄さんはふり向く。柊一は彼女の目を見て、淡い笑みを浮かべた。

「僕も養子なんだ」

香澄さんは目をみはる。そうか、知らなかったのか。だから柊一と彼の父が似ていると言い、すみれさんがそれに一瞬固まった意味がわからなかったのか。

「油、高温にならないようにね」

「あっ、は、はい」

香澄さんはあわてて火を弱める。

柊一に、彼が父親の実子でないということをお節介にも知らせたのは、親戚の誰からしかった。彼が小学生のころだ。あの日、柊一はここに逃げこんできて、椿の木の下でずっと膝を抱えてうずくまっていた。私はなにをしてやることもできず、ただそれを眺めていた。やがて彼の祖父がそれを見つけ、やさしく彼の肩を抱いたから、私はほっとした。彼は泣きじゃくっていたが、彼に泣ける場所があってよかったと思った。泣きじゃくる彼の上に、ほつり、ほつりと椿の花が落ちてきて、彼の涙はとまった。彼は椿を手のひらにのせて、じっと見つめていた。

「油が跳《は》ねると危ないから、揚げるのは僕がするよ」

柊一は香澄さんを脇にのかせて、春巻きを揚げはじめる。手持ち無沙汰《ぶさた》になった香澄さんは、高菜を炒める用意をする。鍋にごま油を熱し、生姜と高菜を炒めてゆく。ごま油の香りがただよう。

隣で手を動かしている香澄さんを眺めて、柊一はふとなにかに気づいたように「あ」とつぶやいた。

「香澄さんって、福耳なんだね」

そう言ったかと思うと、柊一は香澄さんの耳たぶに触れた。そして笑う。

「やわらかい」

僕の耳たぶは薄いんだよね、などと柊一は言っていたが、香澄さんはうつむいて、ひたすら高菜を炒めていた。

柊一はまるで気づいていなかったが、香澄さんの顔が真っ赤になっていたことを、私は知っている。

月の光

私の朝は、スズメ一家の家族会議ではじまる。

スズメというものは、たいていおしゃべりである。カラスだってあそこまでおしゃべりではない。「三丁目の田所《たどころ》さん家で猫を飼いはじめたから気をつけよう」という話から、「宮本《みやもと》さん家はまた嫁姑《よめしゅうとめ》が冷戦状態《ち》」などというどうでもいい話まで、屋根の上でひとしきりしゃべっている。ややキリッとした顔をしているのが父スズメ、顔が小さく体がふっくらしているのが母スズメ、三羽いる子供たちは皆そろってやんちゃで、母スズメは手を焼いているようだ。

かしましくはあるものの、彼らは私のもとに町内の情報を届けてくれるので、重宝《ちょうほう》もしている。持ちつ持たれつ、というのはこういうことを言うのかもしれない。

この日も、私は柊一《しゅういち》よりもずっと早く、その知らせをスズメから聞いた。

「池谷《いけたに》さん家のおじいさん、死んじゃったね」

そう言ったのは子スズメであった。

「車がいっぱい来てたよ。危ないね」

「おじいさんの子供たちがね、わあわあケンカしてたよ。ユイゴンショってなに?」

子スズメたちはあれやこれやとくっちゃべっている。

――ああ、兵吾《ひょうご》さん、亡くなったのか。

ひとりの老人の顔を思い浮かべる。

柊一がさびしがるだろうな、と思った。


柊一は庭に出ると、縁側の前の、日当たりのいい場所に置いてあった鉢植えの前にしゃがみこんだ。赤い蕾《つぼみ》をつけた、椿《つばき》の鉢植えだ。

縁側の拭き掃除をしていた香澄《かすみ》さんが、不思議そうに鉢植えを見る。

「どうして庭木だけじゃなくて、鉢植えの椿まであるんですか？」

鉢植えはそれだけではなく、ほかにふたつほどあった。

「ときどき、椿をわけてほしいってひとがいるんだ。それで、挿《さ》し木をしてわけてあげてる。――でも、これはちょっと違うんだ」

と、柊一は目の前の鉢を指す。

「預《あず》かり物なんだよ」

「預かり物？」

「うん」と柊一は鉢を持ちあげた。渋い飴《あめ》色をした化粧鉢は古瀬戸《こせと》だとかで、なかなかに高価らしい。

「兵吾さんからね」

兵吾さん、と言うとき、柊一はすこし顔を翳《かげ》らせた。ああ、と香澄さんは口に手をあてる。

「池谷兵吾さん……ですか？　先週、お葬式があった」

「うん」

池谷兵吾は、町内に住む老人だった。一代で会社を興《おこ》して大きくした立志伝中《りっしでんちゅう》のひとで、お城の天守閣《てんしゅかく》のような家を建てて住んでいた。それを母屋《おもや》にすることは妻に猛烈《もうれつ》に反対されたので、離れにしたのだということだったが。会社を子供に譲ってからは、ほとんど毎日、柊一の祖父と囲碁《いご》を打っていて、私からするとただの囲碁好きなじいさんであった。

「兵吾さんには、子供のころからかわいがってもらったんだ。知恵比べをよくしたな」

「知恵比べ？」

「家のなかのどこかに、兵吾さんがお菓子を隠してさ、ヒントをもらって、隠し場所をさがすんだ。そういうのが好きなひとだったよ」

なつかしそうに柊一は笑った。私も覚えている。兵吾さんは、長押《なげし》の隙間《すきま》やら柱時計のなかにやら菓子を隠しては、柊一がさがすのを柊一の祖父と一緒になって、楽しそうに眺めていた。

「ユーモアのあるかただったんですね」

「そうだね。頭のいいひとだったし。——兵吾さん、もう歳《とし》だからいつお迎えが来てもいいように、って、去年辺りから身辺《しんぺん》整理をしはじめてね。身のまわりのものを処分したり、ひとに譲ったりしていたんだ。この椿を預かったのも、その一環で」

いわゆる、終活というやつである。家でもこれくらいの言葉は知っているのだ。

「これ、もとはうちの椿でね。祖父が兵吾さんに椿をわけて、育てて、それをまた挿し木にしたものなんだ」

「でも、預かったって……兵吾さんが亡くなってしまわれて、どうするんですか？」

亡くなってしまったら、返せないのに。そう言いたげな顔を香澄さんはしていた。

柊一は意味ありげな笑みを浮かべた。

「うん。預かり物だからね、引き取り手がいるんだよ」

え？　と香澄さんは首をかしげる。

「そろそろだと思うんだけど」

柊一は鉢を置いて立ちあがり、庭の椿をふり返る。するとそのとき、生け垣の向こうにいた男の子と、ちょうどばっちり目が合った。

高校生くらいの少年だ。勉強よりはスポーツが得意そうな、それも『サボる』といった概念がなさそうな、真面目《まじめ》な顔をした少年だった。どこか見た顔のような気もするが、はっきりとはわからない。

柊一にはわかったようで、にこりと笑う。

「噂《うわさ》をすれば影だ。由紀也《ゆきや》くんだね。――兵吾さんのお孫さんだよ」

柊一は香澄さんに説明する。ああ、なるほど、あの由紀也くんか。もっと小さいころ、何度か兵吾さんがつれてきていたことがあった。そのころの面影《おもかげ》が顔に残っている。

「祖父の葬式には、来てくださってありがとうございました」

由紀也くんは律儀に頭をさげる。きっちりした子である。祖父のほうは、豪放磊落《ごうほうらいらく》というか、大雑把《おおざっぱ》なところのあるひとだったが。

「家のほうは、すこしは落ち着いた？」

柊一は由紀也くんを気遣《きづか》う。由紀也くんは複雑そうな顔で、「はあ、まあ」と、こちらは歯切れ悪く答えた。

「そっちに門があるだろ？　なかに入って」

と、柊一はうながす。すこし逡巡《しゅんじゅん》する様子の由紀也くんに、「椿のことで来たんだろう？」と柊一は言う。由紀也くんは柊一が置いた椿の鉢植えをちらりと見て、「はい」と答えると、門のほうへと回った。香澄さんがお茶を淹《い》れに台所に走る。柊一は由紀也くんを迎え入れて、座敷に通した。

香澄さんはお茶に千鳥屋《ちどりや》のどらやきを添えて由紀也くんに出す。由紀也くんは香澄さんに対してしきりに恐縮《きょうしゅく》して頭をさげていたが、どらやきを見て顔がほころんだ。小さな男の子のような目をする。

「ここのどらやき、好きなんです。祖父もそうでした」

「そうなんですか。わたしもです。よかった」

香澄さんは同志を見つけたように笑顔になる。由紀也くんはそれを見て、ちょっと気恥ずかしそうにうつむいた。そういえば、香澄さんと由紀也くんは、おなじくらいの歳だ。なんとなくだが、由紀也くんは女の子に慣れていないような感じを受ける。彼の通う高校は男子校に違いない。六十余年、町内の人々を見てきた私だから、こういう勘《かん》は当たるのだ。

「……お祖父《じい》ちゃんも、よく買ってきてたなあ」

由紀也くんはどらやきを手にとり、なつかしそうにつぶやく。それからどらやきを皿に戻して、すこし身をのりだした。

「あの椿のことなんですけど――祖父が預けたという」

柊一はどらやきを食べながら、「うん」とうなずいてさきをうながす。

「預かったって、祖父はなんと言ってあなたに預けたんでしょうか？」

「え？」

「俺、お祖父ちゃんに頼まれて」

由紀也くんは縁側のほうに目を向けた。その前に、兵吾さんの椿の鉢植えが置かれている。

「自分が死んだら、ここに椿を引き取りに行くよう、言われていたんです。家の誰にも気づかれないように、って」

　ふうん、と柊一はあいづちを打つ。

「僕は、預かるように頼まれただけだよ。兵吾さんは……」思い出すように天井を見て、

「そう、『坊《ぼん》、これの面倒を見てくれ。大事な椿だから』と言って、あの鉢を持ってきたんだ。自分が死んだら、君が引き取りに来るはずだから、と言っていたよ。『じじいの最後の頼みだと思って』と」

　兵吾さんは柊一を、愛着をこめて『坊』と呼んでいた。

「引き取ったあと、どうするか、なんてことは……」

「聞いてないよ」

　そうですか、と由紀也くんは眉をさげた。

「実は、祖父からあの椿を、ある女性のところへこっそり届けてほしい、と頼まれているんです」

「ある女性？」

「年配の女性らしいんですけど……その、どういう関係のひとかわからなくて。葬儀にも参列されてませんでしたし」

「ああ――」

　柊一は思い至ったように言った。

「ひょっとして、兵吾さんの愛人だったひとじゃないか、とか考えているのかな」

図星らしく、由紀也くんはすこし顔を赤らめた。柊一は笑う。

「兵吾さんの女性関係なんて僕は知らないけど、すくなくとも兵吾さんは、孫に愛人への贈り物を届けさせるひとではないんじゃないかな」

そう言われて、由紀也くんはほっとしたような顔をした。

「やっぱり、そうですよね。そう思ったんですけど……」

由紀也くんは頭をかいて、つぶやく。「じゃあ、その女のひとって、何者なのかなあ」

「椿を届けるんだろう？　そのときに相手に訊《き》いてみたらいいよ」

届け先は、ふた駅ほど離れた町だそうだ。そうですね、と由紀也くんは笑う。本気で愛人かも、と心配していたわけではないが、誰かに保証してもらいたかったのだろう。納得がいったのか、由紀也くんは礼を言って腰をあげる。

「今日、これから届けようと思ってるんです」

そう言う由紀也くんを、柊一と香澄さんは門のところまで見送った。

鉢植えを抱《かか》えた由紀也くんに、柊一は、

「もし、なにか困ったことが起きたら、また訪ねておいで」

と言った。由紀也くんはちょっとけげんそうにしたが、「はい、ありがとうございます」とやはり律儀に頭をさげて帰っていった。

「困ったことって……?」

香澄さんは柊一を見あげる。

「うん、いや、なにもなければいいんだけどさ」

坂をくだる由紀也くんのうしろ姿を眺めながら、柊一は言う。

「ひょっとしたら、兵吾さんが僕に『面倒を見てくれ』と言ったのは、もっと大きな意味だったのかな、なんて思ってね」

「大きな意味、ですか」

「『最後の頼みだと思って』なんて、いま思えば、椿を預かるだけにしては大げさだから」

柊一は兵吾さんに問いかけるかのように、空を見あげた。空はぼんやりと霞《かすみ》がかっている。


あたたかくなってきたと思ったら、隙をつくように寒さが戻ってくる。毎度のことながら、この騙《だま》し討ちは卑怯《ひきよう》であると言わざるを得ない。寒さに壁が震えるようだった。

「今晩はあったかいものが食べたいですねえ」

もう出番はないかと簞笥《たんす》の奥にしまっていた厚手のカーディガンを引っ張りだして着こんだ香澄さんは、熱く淹れたお茶をふうふう吹きながら言った。

「もうすぐしたら買い物に出ますけど、リクエストはありますか?」

そうだなあ、とテーブルの向かいでお茶を飲みながら、柊一は考えている。

今日は寒いし天気も曇《くも》りだしで、縁側でのお茶はやめて、台所で飲んでいる。ここしばらく開けていた縁側のガラス戸も、今日は閉め切っていた。

「揚げ出し豆腐《どうふ》……」

真剣な顔つきで夕飯の献立《こんだて》を思案していたらしい柊一は、しばらくしてぽつりと言った。

「あ、いいですね。あったまりますし。生姜《しょうが》とネギと、大根おろしたっぷりのせて」

「あと、鱈《たら》の煮つけが食べたいな」

「鱈の煮つけですね」

わかりました、と香澄さんはメモをとっている。

「献立を毎回考えるのはたいへんなので、食べたいものを言ってくれると助かります」

「実家でも母がよくこぼしてたよ。土日になるととくに」

「そうなんですよね、うちでもおばさんがよく――」

香澄さんは言葉をとめる。前もおばさんがどうとか言っていたことがあったが、誰のことなのか知らない。柊一はなにも言わない。香澄さんはすこし迷うように視線をさまよわせて、それから口を開いた。

「……『おばさん』って、わたしがお世話になってた家のおばさんのことです」

香澄さんは両親がいなくて、知人の家で育てられたと言っていた。そこのおばさんということだろう。

「ああ、料理でも掃除でもなんでも完璧にできるけど、音痴《おんち》で歌だけは教えられなかったっていう?」

「えっ、わたしあのとき、そんなことまで言いましたっけ?」

「言ってたよ。香澄さんは、そのおばさんがとても好きなんだよね」

柊一の言葉に、香澄さんはなぜだかしょんぼりとうなだれた。その『おばさん』に、申し訳ない、とでもいうように。

「わたし……」

「後悔してる?」

問われて、香澄さんは顔をあげた。

「僕と結婚したこと」

柊一はほほえんでいる。香澄さんは、ゆっくりと首をふった。

ふたりがどんな話し合いを経て、夫婦になろうと決めたのか、私は知らない。だが、このままふたりが何事もなく、夫婦のままでいてくれたらいいと思っている。

玄関の呼《よ》び鈴《りん》が鳴って、香澄さんと柊一は同時に腰をあげた。

「わたしが行ってきます」

と言い終わらぬうち、香澄さんはぴゅっと台所を走りでていった。常にあちこちを走りまわっている子猫のようである。

玄関に出た香澄さんは、きょとんとしていた。

彼女の前には、迷子になったような顔で鉢植えを抱える、由紀也くんがいた。


「会えなかったんです」

座敷に通された由紀也くんは、自分の隣に置かれた椿の鉢を眺めながら言った。

「訪ねていったら、孫娘だっていう子が出てきて――」

由紀也くんは眉をさげる。

『祖母はいません。老人ホームに入っているんです』

つっけんどんにそう言われたのだという。それでは、とどこの老人ホームなのか訊けば、

「なにも覚えてないだろうから、行っても無駄だって」

庄司《しょうじ》史子《ふみこ》というその女性は、認知症なのだという。

けんもほろろな孫娘に、由紀也くんはなんとか連絡先だけ渡して、帰ってきたそうだ。

ただでさえ女の子が苦手な由紀也くんに、孫娘の態度を軟化《なんか》させる役目は難しかったろう。

由紀也くんは、肩を落としていた。

「すみません、せっかく預かっていただいてたのに。当人が覚えてない状態じゃ、押しつ

けて置いてくるわけにもいかなくて……」

気のやさしい子である。

柊一は、すこし思案げに湯呑《ゆのみ》を眺めていた。

「その孫娘さんは、兵吾さんのことを知っていたのかい？」

「いいえ、知らないと言って——あ、でも名前を出したとき、はっとしたように見えたんですけど……」

ふうん、と柊一は指で顎《あご》をなぞる。

「どうしてそこまで、君にきつい態度だったのかな」

「突然訪ねてきて、祖父の形見に椿の鉢植えを受けとってもらいたいと言われたら、うさんくさいと思われてもしかたないかもしれません」

でも、ほかにどう言えばいいのかわからなくて、と由紀也くんはしょんぼりしている。

「まあ、そうかなあ」と柊一は頰《ほお》をかく。

そうだ、と由紀也くんは思い出したように顔をあげた。

「すみません、庄司さんのお孫さんに教えた連絡先なんですけど、こちらにしてあるんです」

「ここに？」

「はい。勝手にすみません。俺は母の方針で携帯電話を持ってないんで、家電《いえでん》しかないんですけど、なんていうか――」由紀也くんは恥じ入るように視線をずらす。「うちに連絡が来ると、ややこしいことになりそうなんで」

「ははあ……」

柊一は合点がいったように腕を組む。

「まだ揉《も》めているの？」

「はい」と由紀也くんはうんざりした顔をする。

「揉めるって、なにをですか？」

香澄さんが口を挟む。

「遺産相続です」

と、由紀也くんが簡潔に言った。香澄さんは、「わあ」と言ったきり、口を閉じた。

「兵吾さんには、子供が四人いてさ。会社を継いだのが長男で、由紀也くんのお父さん。ほかに嫁《とつ》いだ長女に次女、子会社を継いだ次男がいる」

柊一が説明する。

「葬儀のときも、揉めていたけど……収まるにはだいぶかかるのかな」

「遺言書はあるんですけど、それじゃ納得いかないって、叔父《おじ》さんや叔母《おば》さんがまだ家にいるんです。宝飾品とか骨董《こっとう》とか、もらえるものがないかさがしてて」

「そんななかで、兵吾さんが他人に遺したものがあると知れたら、ことだね」

「はい。あれも――」と、由紀也くんは鉢植えに目をやる。「見つかったら、とりあげられそうで。お祖父ちゃんも、こっそり届けろって言ってたし」

「椿はともかく、鉢は古瀬戸だもんなあ。あれならそこそこの値がつくだろうし」

「昨日も家に持ち帰ったあとは、俺の部屋の押し入れに隠してたんですけど……ずっとそんなことしていたら、枯れちゃいますよね？　だから――」

「またここに持ってきたんだ？」

「はい」由紀也くんは言いにくそうに足をもぞもぞさせる。

「あの……厚かましいとは思うんですが、しばらくこちらで預かってもらえないでしょうか。俺、もう一度あのお宅を訪ねてみるので」

柊一はほほえむ。

「お安い御用だよ。――たぶん、兵吾さんはそれ込みで僕に預けたんだと思うから」

「込み？」

「兵吾さんが亡くなったら、遺産相続で絶対に揉める。それがわかっていたから、あの鉢植えを避難させたんじゃないかな、僕のところに」

「はあ、そうでしょうか」

「その史子さんてひとは、兵吾さんが名指《なざ》しして遺品を贈りたいという相手なんだから、よほど恩義があるか、なにかなんだろう。孫娘の子は知らなくても、ほかのご家族が事情を知っているかもしれないし、椿も受けとってくれるかもしれない。それまで預かっておくよ」

「ありがとうございます」

由紀也くんは頭をさげて、かたわらの鉢植えを眺めた。よかったな、とでも語りかけるように。

香澄さんが朗《ほが》らかに笑った。

「兵吾さんがあなたにあの鉢植えを託した理由が、とてもよくわかる気がします」

「え……そうですか？」

由紀也くんは戸惑ったように香澄さんを見る。

「俺は、よくわからないんですけど。お祖父ちゃん子だったわけでもないし、とりたてて親切にしたこともないし……」

「兵吾さんはね」と柊一が言う。

「たぶん、孫だとか祖父だとかそういうことじゃなしに、由紀也くんの人柄を信用したんだよ」

由紀也くんなら、ちゃんとあの椿を史子さんのもとへ届けてくれる、と。

「はあ……」と、由紀也くんはまだ腑《ふ》に落ちない顔をしている。

「でも、鉢を届けるなんて、なにもとくべつなことじゃないのに」

「君は史子さんが覚えてないようだからと、椿をいったん持ち帰ってきただろう。面倒がって、押しつけてきたりせずに。そういうところなんだと思うよ」

由紀也くんは照れたようにうつむき、膝《ひざ》の辺りを眺めていた。

「お祖父ちゃんはずっと離れに住んでたんで、俺、ふだんはあまり会うこともなくて」

「ああ、あの天守閣みたいな離れ」

「お祖父ちゃん、あれをすっごく気に入ってたから。俺も子供のころはお城みたいで楽しくて、遊びにいってました。中学校にあがると、そういうこともなくなりましたけど」

由紀也くんはなつかしそうに話す。

「離れに遊びにいくと、お菓子をくれました。母は既製のお菓子が嫌いなひとで、だからお祖父ちゃんがくれるお菓子は俺にとってとても魅力的だったんです。でも、ただくれるんじゃないんです。どこかに隠して、ヒントを出してさがさせるんです」

どこかで聞いたような話だ。しかし柊一は口を挟まず、由紀也くんの思い出話に耳を傾《かたむ》けている。

「お祖父ちゃんと言ったら、お菓子と、あと、そう、レコードですね。離れには、レコードのプレーヤーがあったんですよ。子供のころ、それでレコードを聴くのがなんでだか好きで、そしたらお祖父ちゃん、亡くなる前にレコードと一緒に俺にくれたんです」

俺が好きだったの、覚えてたんだなあ、と由紀也くんはつぶやいた。

「俺にとってはあれが、お祖父ちゃんの形見です」

そう言った由紀也くんは、どこか照れくさそうだった。


夕飯は柊一のリクエスト通り、揚げ出し豆腐と鱈の煮つけだった。出汁醤油《だしじょうゆ》のつゆに浸かった豆腐には、すりおろした生姜やネギがこんもりとのせられ、揚げたししとうが添えられている。鱈はきのこと一緒に煮てあった。

「ご飯は大根ご飯にしてみました。大根や油揚げをいったん炒めてから炊《た》くんですよ」

「はじめて食べる。おいしいなあ」

大根ご飯には、大根葉が散らしてある。柊一の祖母がよくこれをごま油で炒めていたのを思い出す。あれも柊一の好物だったはずだ。

「僕、大根葉をごま油で炒めたの、好きなんだ」

「じゃあ、今度それしますね」

ふたりの会話は、のんびりしている。春の陽気のようだ。冬の冷たさからは遠く、また夏の熱波でもない。

廊下の電話が鳴り、柊一が席を立つ。相手が誰だかはわからないが、会話は短かった。戻ってきた柊一は、香澄さんに、「庄司史子さんのお孫さんからだったよ」と報告する。

「お孫さんて、由紀也くんを追い返したっていう……?」

「うん、たぶんその子だと思う」

「どういう用件だったんですか？」

「椿の鉢植えのことで話があるから、今度の日曜、うちに来るって」

「うちに？　由紀也くんのお宅じゃなく？」

「由紀也くんとこは、ほら、訪ねていくとややこしいことになるから」

「あ、そっか、そうですね」

「兵吾さんのことなら、由紀也くんもいたほうがいいだろうから、一緒に呼ぶことにするよ」

　その孫娘も、一度は由紀也くんを冷たく追い返したというのに、いったいどういう風の吹き回しだろう？


　日曜日、香澄さんが庭で地面に落ちた椿を拾って片づけていると、「ねえちょっと、奥さん」と呼ぶ声がする。香澄さんが顔をあげると、生け垣から隣の桝山《ますやま》夫人が顔をのぞかせていた。目も顔も体も丸っこい夫人だ。私の隣には、こじゃれた西洋風の、いけすかないモダンな家と、築三十年、藍《あい》色の瓦《かわら》屋根の、飾り立てたところのない、なかなかいい普請《ふしん》の日本家屋《かおく》が建っているが、桝山家は日本家屋のほうだった。

「おはようございます」

香澄さんは椿を置いて立ちあがり、生け垣に駆けよる。

「ちょっと聞いて、昨日ね、変な男がうちに来たのよ」

夫人は早くそれを話したかったらしく、堰《せき》を切ったようにしゃべりだした。

「変な男？」

「いえね、リフォーム会社の者だとか言って、一見、感じのいいセールスマンみたいなひとだったんだけど、妙なひとでね。あなたや、若隠居のことを訊いてくるのよ」

香澄さんの顔が曇る。「わたしや、柊一さんのことを……？」

「お隣は最近結婚したみたいだが、奥さんはいつから住んでいるんだとか、変わった様子はないかとか、根掘り葉掘り。口がうまいから、いつのまにかそんな話になっていたんだけど、あやしいでしょう？　泥棒か詐欺《さぎ》の下見かしら、って思えてきて、早々に追いだしたのよ」

だから気をつけたほうがいいわよ、と忠告する。

「留守にしてたら、泥棒が入るかもしれないわ。あとね、変な電話がかかってきたらすぐ切らなきゃダメよ。投資話とか、会員権がどうのとか、そういうのってみんな詐欺なんですからね」

桝山夫人は、お節介で野次馬《やじうま》根性が強い部分もあるが、基本的に親切である。香澄さんが若いので、心配してなんやかやと助言をしにくる。そのついでのように庭の様子や家のなかをちらりとのぞいてゆくのが玉に瑕《きず》だが。若隠居夫妻の暮らしぶりに好奇心がうずくらしい。開け放した障子から見える座敷を眺めて、「いつも家のなかをきれいにしていて、えらいわねえ」などと言っている。

「さっき掃除したところなので。――その男のひとって、どんなひとでした?」

「どんなって、とりたてて特徴のない顔をしてたわよ。無害そうな。詐欺師とか泥棒って、そういうものらしいわね、だから油断するのよ」

「気をつけます」

夫人はまだなにかしゃべろうとしていたが、盛大なくしゃみが出て、意気をくじかれたらしい。「まだ冷えるわねえ」と言って肩を縮め、帰っていった。冷えると、膝が痛むのだそうだ。

「ここのお姉さんは、ときどき公園の隅っこにある箱に入っているよ」

おしゃべりな夫人が去ると、今度はおしゃべりな子スズメたちの声が、屋根の上から聞こえてくる。ここのお姉さん、というのは香澄さんのことだ。

「あれは電話っていうんだよ」

べつの子スズメが言う。電話ボックスのことを言っているらしい。この町でも公衆電話はめっきり減ったらしいが、近くにある公園にはまだかろうじて残っている。――しかし、そこから電話をかけている、ということだろうか。ここにちゃんと電話はあるのに? あやしい男といい、香澄さんの謎の行動といい、なんなのだろう。

香澄さんは、ぼんやりとしていた。何事か考えこんでいるらしい。だから、「あの」と出し抜けに声をかけられて、ほとんど飛びあがるようにして驚いた。

さきほど夫人が立っていた場所に、由紀也くんが立っていた。びっくり顔の香澄さんに、由紀也くんもまたびっくりしている。

「え？　あの、すみません、驚かせてしまって」

「いえ、こちらこそごめんなさい。ぼうっとしていたものだから」

香澄さんはあわてて「どうぞ、入って」とうながす。玄関に向かい、由紀也くんをなかへ招《しょう》じ入れたあと、柊一を呼びにゆき、お茶を淹れるために台所へと急ぐ。あいかわらず、ちょこまかとよく動く子だ。

香澄さんがお茶の用意をするいっぽうで、柊一は座敷で由紀也くんの向かいに腰をおろしていた。今日は鶯《うぐいす》色の紬《つむぎ》を着ている。

「庄司さんも、もうすぐやってくる予定だから」

「はい。――椿を受けとってもらえるんでしょうか？」

「さあ、どうだろう。椿のことで話がある、ということだったから」

「怒ってませんでしたか？　彼女」

「とくに、そんな感じはなかったよ。ふつうの調子だった」

それは、柊一の話しかたにつられたのかもしれない、と思う。彼はとても静かに、やわらかく話すのが癖なので、怒っているひとでも段々と平静になってゆくのだ。

「そうですか」

由紀也くんはちょっとほっとしている。

「史子さんが、お祖父ちゃんのことを覚えてくれていた、ということなら一番いいんですけど……」

由紀也くんは縁側に目をやる。庄司さんが来たときに見てもらえるようにと、鉢植えは縁側に置いてあった。先日は蕾だった椿も、ほころんで花弁を開きはじめている。完全に開いたわけではないが、その花の特徴はすでによく見えていた。

「もう咲きはじめてますね。うちにあるあの椿だ……」

由紀也くんが椿を近くで見ようとしてか、腰を浮かせたとき、玄関の呼び鈴が鳴った。

「ああ、庄司さんかな」

柊一が立ちあがるより早く、「はーい」と返事をした香澄さんが玄関へ飛んでいった。ぱたぱたと軽快に響く足音に、柊一は苦笑する。その笑みは、元気な新妻がかわいくてしかたない、という笑みにはたからは見えた。

しばらくして、香澄さんが庄司史子の孫娘を案内してくる。現れた少女に、由紀也くんは心持ち緊張したように背筋を伸ばした。

「こんにちは。庄司菜穂《なほ》です」

そう言って、彼女は頭をさげる。高校生だろう。まっすぐな髪を顎の辺りで切り揃え、右耳の上の髪を小さな花の飾りがついたヘアピンでとめている。過去六十年における人間観察の記録を持つ私が推測するならば、吹奏楽部で補欠要員になっていそうな子だなと思った。真面目に努力しているのだけど、ちょっと要領が悪そうな子、という雰囲気だ。

由紀也くんの話から想像していたような、気の強い、無愛想な雰囲気はない。素直そうな子だった。彼女は由紀也くんとおなじく、やや緊張した面持ちで、彼の隣に腰をおろす。

「来てくれてどうもありがとう。僕が篠沢《しのざわ》柊一です」

柊一があいさつをすると、菜穂ちゃんは再度頭をさげた。着物姿の柊一を、めずらしそうに見る。その視線が隣に向けられた。

「あ、池谷由紀也です」

由紀也くんはうろたえたように言った。

「知ってます」

菜穂ちゃんの返答はそっけなかったが、「この前はすみません」と由紀也くんにも頭をさげた。

「突然のことだったので、あたしもどうしていいかわからなくて、追い返してしまって」

「いや、こちらこそ」

由紀也くんは口数すくなく答える。続けてなにか言うかと思ったが、口を開かず、場には中途半端な沈黙《ちんもく》が落ちた。

そこへ、お茶を淹れに台所へ行っていた香澄さんが戻ってくる。香澄さんは大きなお盆を持って現れた。お盆にはケーキと紅茶がのっている。

「ごめん、手伝いにいけばよかったな」

柊一が立ってお盆を受けとる。

「いえ、大丈夫です。わたし、力持ちですから」

香澄さんと柊一は、手分けしてケーキやら紅茶やらを高校生ふたりの前に並べた。

「由紀也くんは食べ盛《ざか》りだし、女の子も来るしで、ちょっとはりきってしまいました」

香澄さんは照れたように笑う。皿にのっているのは、飴色をした、私にはなんだかよくわからないケーキだった。

「タルト・タタンだあ」

と素朴《そぼく》な声をあげたのは菜穂ちゃんだ。「おいしそう」

「タルト、タル……?」

由紀也くんは呪文でも聞いたような顔でケーキを眺めている。

「タルト・タタン。りんごのケーキだよ」

菜穂ちゃんが説明してくれる。そういえば、昨夜、香澄さんはりんごを煮てなにかを作っていた。あれがこのケーキだったのか。ようは、煮詰めたりんごのタルトということらしい。りんごはなかまで飴色で、表面はかりかりになっている。由紀也くんがフォークを入れると、パリッという薄い氷が割れるような音がした。

「あ、おいしい」とケーキを食べた由紀也くんがつぶやき、「おいしい、おいしい」と菜穂ちゃんも連呼している。香澄さんはほっとしていた。

「――あの椿なんですけど」

タルト・タタンを食べ終えて、菜穂ちゃんは切りだした。

「この前も言ったとおり、祖母は昔のことを覚えていませんし、鉢植えは受けとれません。そうちゃんと断ろうと思って、来たんです」

由紀也くんが、がっかりしたような顔をする。

「あの、でも一度、史子さんに訊いてみては――」

「訊きました」

由紀也くんのひかえめな声を、菜穂ちゃんはさえぎって言った。

「祖母には昨日、訊いてみました。あたし、週に二、三回は祖母のところに行くので」

「お祖母《ばあ》ちゃん子なんだ」

柊一が言うと、

「いえ、学校の帰り道にホームがあるから」

と、菜穂ちゃんはうしろめたそうにうつむいた。

「えっと……」菜穂ちゃんは、なんの話をしていたんだっけ、という顔になる。「そう、それで、池谷さんのこと、訊いてみたけど、知らないって」

由紀也くんは肩を落とす。

「池谷兵吾さんのことは、ご家族の誰も知らないのかな」

柊一が訊くと、

「両親は聞いたことがないと言っていました」

「君は？」

菜穂ちゃんは一瞬、まごついた。

「──知りません」

それが嘘《うそ》だということは、言いにくそうな彼女の様子ですぐにわかった。嘘をつき慣れていない子なのだ。

だが、柊一は追及しなかった。「そう」とだけ言って、話題を変える。

「あの椿がね、咲きはじめてるんだ。こないだ由紀也くんが持っていったときは、蕾だったと思うんだけど」

見てやって、と柊一は腰をあげ、縁側から鉢植えを持ってきた。畳《たたみ》の上に置かれた鉢植えを見て、菜穂ちゃんは目を丸くする。

「これが椿？」

菜穂ちゃんは立ちあがり、鉢植えの前に座ると、間近で花を見つめる。

「変わった形」

その椿は赤い一重《ひとえ》の花で、花芯に白く小さな花が密集している。

「雄《お》しべが小さな花びらに変化したものなんだ。こういうのを〈唐子咲《からこざ》き〉っていうんだけど」

柊一が説明する。

「この椿の名前は〈卜伴《ぼくはん》〉」

「ぼくはん……？」

「別名のほうがきれいかな。〈月光《がっこう》〉ともいうんだ。月の光」

「月の光――」

菜穂ちゃんと由紀也くんの声がかぶる。ふたりは顔を見合わせるが、由紀也くんのほうがあわてて目をそらした。

「どうかした？」

「いや、あの、〈月の光〉って、祖父の好きだった曲なので。ドビュッシーの。レコードでよく聴いてました」

「ああ、そうだったんだね」

柊一はなつかしそうな顔をする。

「兵吾さんはこの椿の名が〈月光〉だと聞いて、それはいい、って喜んで、祖父からわけてもらうことにしたんだよ。僕が小さいころの話だけど。きっと、好きな曲だったからなんだね」

ふたりの会話を聞いていた菜穂ちゃんは、難しい顔で椿を見つめている。

「……祖母も、〈月の光〉が好きなんです。レコードを持ってたわけじゃないけど、テレビとかで流れてくると、手をとめて、聴き入ってました」

小さな声で、菜穂ちゃんは言った。

「へえ、そうなんだ」柊一はそうあいづちを打っただけで、それ以上なにも言わない。菜穂ちゃんは気まずそうにうつむいた。

「……池谷さんのことを知らないっていうのは、嘘です」

うつむいたまま、菜穂ちゃんはぽつりとこぼした。「ごめんなさい」

もともと、嘘をつけない性分《しょうぶん》なのだろう。耐えかねたように言った菜穂ちゃんに、柊一は嘘については言及せず、「どうして知ってるのかな」と穏やかにさきをうながした。彼のこうした、重い口を開かせる砂糖菓子のようなやさしさは、感心なようでもあり、怖いようでもある。

「お祖母ちゃんから、聞いたことがあったので」

「兵吾さんのことを？」

　菜穂ちゃんはうなずく。

「……お祖母ちゃん、昔、この町に住んでいたそうなんです」

　椿を眺めながら、菜穂ちゃんはしゃべりだした。

「それで、近所に住んでいたのが池谷兵吾さん。おない年だったそうです。お祖母ちゃんが、あたしにだけ内緒で教えてくれた話で……あたしが中一のときだから、五年前。小学校の同窓会があったの。そこで、池谷さんと六十年ぶりくらいに再会したんだそうです。池谷さんは忙しいひとだったとかで、同窓会に出るのもそれがはじめてだったそうで」

「そういえば」と由紀也くんが口を挟んだ。「たしかにお祖父ちゃん、一回だけ同窓会に出たことがあった。忙しいし煩《わずら》わしいって、そういうの、あとにもさきにも出たのそれきりだったけど」

「会えるとは思わなかった、ってお祖母ちゃんはうれしそうに話してました。……初恋のひとだったそうなんです」

　初恋のひと。由紀也くんが、その言葉にちょっと照れたように身じろぎした。慣れない話題なのだろう。

「お祖母ちゃんは子供のころ、けっこう裕福な家で育ったそうです。それこそ、レコードもたくさんあって、ピアノもあって――〈月の光〉は、お祖母ちゃんがよく弾いていた曲だったそうです」

菜穂ちゃんの視線は椿の花芯に向けられている。白く密集した花芯は丸く、その名のとおり、まるで月のようだった。

「だけど、十六のころ、父親の事業が失敗して、この町を離れることになったそうです。それきり、同窓会で再会するまで、池谷さんとも会ってなかったって」

五年前、六十年ぶりに再会したとなると、菜穂ちゃんの祖母――史子さんがこの町にいたのは六十五年前。当時私は建っていたかどうか、微妙なところだ。

「お祖母ちゃんが町を出ていく日、池谷さんは泣いたそうです」

――なんにもできなくて、悔しい、と。

「池谷さんも、祖母のことが好きだったんです」

菜穂ちゃんは、複雑そうな顔をしていた。

「『きっと俺が、史ちゃんを助けるから』って、そのとき言ったそうです。『お金持ちになって、史ちゃんを迎えに行く、お嫁さんにする』って――」

でも、と菜穂ちゃんは言う。

「祖母は何度か引っ越しを繰り返すうちに、池谷さんとの連絡も間遠《まどお》になって、そのうち途絶えて、約束も遠いものになっていったそうです」

まあそういうものですよね、と菜穂ちゃんは意外と醒《さ》めたように言った。

「いつのまにかおたがい音信不通になって、祖母は職場で出会った祖父と結婚しました」

その祖父は十年ほど前に亡くなったそうだ。

「同窓会で再会したとき、池谷さんは、祖母に謝ったそうです」

「謝った？」と柊一が訊く。

「はい。『約束を守れなくてすまなかった』って。迎えに行くって言ったのに、できなくて――と。祖母と似たような感じで、やっぱり約束なんて時間がたつうち薄れていって、べつの女性と結婚したんです」

菜穂ちゃんは、また複雑な――というより、ちょっと怒ったような顔をしていた。

「怒ったの？」

と、柊一が問うと、菜穂ちゃんは目をしばたたいた。

「え？」

「その話を史子さんから聞いて、君は怒ったんじゃないの？　いま、そういう顔をしているよ」

菜穂ちゃんは両手で頰を押さえて、気まずそうな顔をした。

「だって、なんか、すごくジコチューだなって気がしたから」

「自己中？」

由紀也くんが繰り返すと、菜穂ちゃんは彼のほうに顔を向けた。

「どれだけお金持ちなのか知らないけど、お嫁さんにしてあげられなくてごめんって謝るって、すごく失礼じゃない？　彼と結婚できなかったお祖母ちゃんは、不幸せみたいじゃない。そんなことないよ。お祖父ちゃんはお金持ちじゃなかったけど、ちゃんと仲よかったんだから」

「お祖父ちゃんは、そういう意味で言ったんじゃないと思うけど……」

由紀也くんは言ったが、菜穂ちゃんににらまれて目をそらす。由紀也くん、女の子にはとことん弱いらしい。

「それで、亡くなったあと一方的に椿を贈るのも、勝手だと思う。約束を守れなかったお詫《わ》びのつもりなの？　そんなの、お祖母ちゃんが池谷さんのこと覚えてたって困ると思う」

ムスッとした様子だった菜穂ちゃんは、ふいに力を失ったように視線を落とした。

「……お祖母ちゃん、二、三年前から、物忘れがひどくなって。飲んだ薬をまた何回も飲んじゃいそうになったりとか、買い物に出かけて途中で道わかんなくなって帰れなくなったりとか、そういう」

それから状態が悪化して、家の近くの老人ホームに入ったのだという。

「自分の名前とか、そういうのもよくわかんないみたいで」

だから池谷さんのことも、もう覚えてない。

菜穂ちゃんはそう言った。

「お祖母ちゃん、思い出もぜんぶ、どこかに置き忘れちゃったみたい」

ぽつりとため息のようにもらして、菜穂ちゃんは柊一に向き直る。

「ともかく、そういうわけですから、この椿は受けとれません」

菜穂ちゃんの口調は、まったく説得の余地がないような、硬いものだった。柊一は腕を組み、何事か考えこんでいる。

「受けとれない、というのは、君の感情が主な理由だよね」

「え?」

「ようは、君は兵吾さんのことが気に食わないから、椿を受けとりたくないわけだ。でも、椿は君宛てじゃなく、史子さんに贈られたものだ。それを受けとらない、というのは、君の自己中心的な、勝手な判断に思うけど」

菜穂ちゃんはぐっと言葉につまった。顔が赤くなる。

「どうしてそこまで、拒絶するのかな。君は――」

「お祖母ちゃんは覚えてないんだから、しかたないでしょ。あたしはいらない、こんな椿なんか」

菜穂ちゃんは声を荒らげ、立ちあがる。

「もう知らない。帰ります」

言い捨てて、菜穂ちゃんは座敷を走りでていった。香澄さんがあわててあとを追う。由紀也くんはおろおろしていた。柊一は平然としている。妙な感じだった。ふだん、柊一はひとの感情を逆なでするような言葉は選ばないのだが、さっきはわざと菜穂ちゃんを怒らせたようにも見えた。

「帰っちゃいました」

香澄さんが困り顔で座敷に戻ってくる。

「どうしましょう、その椿。かわいそうですね」

「うん……」

柊一は鉢植えを眺める。

「どうしてあんな言いかたしたんですか？　柊一さんらしくない」

香澄さんも疑問に思ったらしい。長いつきあいでもないのに、よくわかるものだ。

「うん、まあ、ちょっとね」

柊一は生返事をする。かと思うと、「由紀也くん」と、途方に暮れた顔で椿を眺めていた由紀也くんに声をかけた。

「はい？」

「帰ったら、レコードを聴いてごらんよ」

「え？」

「ドビュッシーの〈月の光〉」

由紀也くんは不思議そうな顔で柊一を見る。「はあ……」

「椿については、また折を見て庄司さんに連絡してみるよ。もしそれでもだめなら、僕が引き取るから」

「そうですか」

由紀也くんはちょっとほっとしたようだった。椿の行く末に一番気をもんでいるのは、彼だろう。庄司家の住所と電話番号をメモした紙を柊一に渡すと、由紀也くんは帰っていった。

「怒らせてしまいましたけど、若い子は感情表現が素直で、いいですね」

座卓の上を片づけながら、香澄さんがそんなことを言った。

「若い子って、香澄さんはあの子たちと変わらない歳じゃないか」

「いいえ、歳はひとつくらいしか変わらなくても、学校にいる子と卒業した子じゃ、全っ然、違うんですよ」

栗《くり》きんとんとモンブランくらい違います、とわかるようなわからないような喩《たと》えをする。

「どっちが栗きんとんでどっちがモンブラン？」

「わたしは栗きんとんのほうが好きですね」

そういう話ではないような。

「ふうん。僕も栗きんとんが好きだな」

柊一が笑うのを、香澄さんは思わずといったふうに見あげた。

「うん？」

「なんでもないです」

ぱっと視線をそらせて、香澄さんは盆を持って立ちあがろうとする。そのときちょうど、玄関の呼び鈴が鳴った。

「菜穂ちゃんが戻ってきてくれたんでしょうか」

期待をこめた香澄さんの言葉に、柊一は「さあ、どうだろう」と首をかしげる。ふたりは玄関に向かい、柊一が戸を開けると、見慣れた弟の仏頂面《ぶっちょうづら》が正面にあった。今日は小《こ》春《はる》をつれていない。

「これ、母さんがふたりにって」

檀《まゆみ》は風呂敷包みをさしだした。形状からして包まれているのは重箱のようだ。

「五目寿司《ずし》」

「へえ、ありがとう。母さんにもお礼言っといて」

「会って直接言やいいだろ」

檀は風呂敷包みを柊一に押しつけると、きびすを返した。

「たまにはあがっていけばいいのに」

柊一の言葉に、檀は香澄さんに目を向ける。またなにか厭味《いやみ》のひとつでも言うかと思ったが、彼はじろりと彼女を一瞥《いちべつ》しただけで、玄関を出た。

「そのうちな」

それだけ言って、彼は去っていった。ものの五分とたっていない。

「昼ご飯を作る手間が省《はぶ》けたね」

「お吸い物だけ作りましょう、お麩《ふ》の。こないだすみれさんがくれた手鞠麩《てまり》があるんですよ」

私は檀が香澄さんに文句のひとつも言わずに去っていったのがかえって不気味だったし、兵吾さんの椿の件も、まだなにかある気がしてならなかった。

築六十余年の家の勘は、当たるのである。


それにしても季節の変わり目の、あたたかくなってみたり、寒くなってみたりということの繰り返しは、骨身にこたえる。築百年、二百年という立派な家があるなか、たかだか六十年で老身などとは言いたくないが、若くないのはたしかである。

私の骨組みは、すべて檜《ひのき》の無垢《むく》材で作られている。一本の檜から切りだされた柱は頑丈だが、暑くなればゆるむし、寒くなれば縮む。これぱかりは意識ではどうしようもない。そろそろ春だな、とゆるんだところに寒さが来るものだから、なおのこと、ヒャッと震えることになるのである。

さて、昨日は春めいていたのだが、またぞろ寒くなった月曜日。池谷家の長女がここに乗りこんできたのは、柊一と香澄さんがのんびりお茶を飲んでいた、おやつどきのことであった。

「父があなたに譲ったものがあるらしいじゃないの」

あいさつもそこそこに、兵吾さんの長女は嚙《か》みついた。

「どうも由紀也がこそこそしててあやしいと思ったのよ。家政婦が見ていたわよ、ここに来るのを。ふたりでぐるになって、父の財産を隠してるんじゃないの？」

家政婦は彼女のスパイであったらしい。それにしてもよその家にまでいちゃもんをつけにくるのだから、池谷家はよほど遺産相続で紛糾《ふんきゅう》しているのだろう。

「兵吾さんからは、たしかにいただいたものがありますよ」

柊一はあっさりと答える。

「ほら、やっぱり！」

勝ち誇ったように言う彼女に、柊一は庭先を示した。

「椿の鉢植えを」

「……え？」

柊一は立ちあがり、庭におりる。縁側の前に置いてあった鉢植えをひとつ、手にとった。

——それは兵吾さんから預かった〈月光〉ではない、柊一自身が挿し木して育てたものだ。赤い蕾がついた椿だった。蕾の状態では、〈月光〉とそう変わらない見かけをしている。〈月光〉の鉢は、兵吾さんの長女を座敷に通したあと、柊一が香澄さんに指示して、こっそり隠してあった。

「これですよ。お宅の庭に咲いている椿を、兵吾さんはわけてくださったんです」

兵吾さんの長女は疑わしそうに鉢植えを手にとり、しげしげと眺める。

「たしかにあの椿みたいだけど……でも、ほんとうにこれだけなの？　ほかにもらったものとかあるんじゃないの？」

「いいえ」

「じゃあ、この土のなかに宝石が隠されてるとか——」

彼女はいまにも土をほじくり返しかねない目をしていたので、柊一はすばやく鉢を取り返した。

「僕がそんなものをいただく理由がありません」

「だって、おかしいじゃない！」

彼女は地団駄《じだんだ》を踏みそうな勢いで怒っている。なにをそんなにむきになるのか、わからない。

「お父さん、財産はほとんど使っちゃったっていうのよ。骨董とか宝石とかも現金に換えて、散財したって。おまえたちに金を遺《のこ》すとろくなことにならないからって、スズメの涙みたいな財産だけ分配して、あとはぜーんぶ、使っちゃったって！」

池谷家の面々が、血眼《ちまなこ》になってもらえる財産をさがしている理由が、判明した。

「あんまりよォ！　遺産で借金、返せると思ったのに！」

彼女は号泣していた。柊一がすみやかに池谷家に連絡を入れると、長男――由紀也くんの父親が飛んできて、彼女をつれて帰っていった。彼もたいへんだ。

「いろんなひとが、いるものですねえ……」

純粋に驚いているのが半分、あきれているのが半分、といったふうに香澄さんは息をついた。

「池谷さんとこは、兵吾さんの奥さんがさきに亡くなってるからね。奥さんが健在だったら、もうちょっとましになってたと思うけど。しっかりしたひとだったんだ」

兵吾さんの奥さんは、おそらくあの家のかなめであった。ひとがひとりいないだけで、こうも収拾のつかない事態になる。

「家族が家族であり続けるのって、当たり前じゃないんですよね」

香澄さんはぽつりと言った。

「お茶淹れますね」

「うん、ありがとう。――おっと」

玄関の呼び鈴が鳴った。

「またお客さんだ」

「また池谷さんとこのひとじゃ……」

「はは、今度は次男あたりが来たりしてね」

ふたりの会話は、半分当たりだった。玄関に立っていたのは、由紀也くんである。

由紀也くんは、そわそわと落ち着かない様子で、すこし興奮しているように見えた。

柊一はにこりと笑う。

「いいものが見つかったかい？」

「レコードを聴いてみろって言いましたよね」

座布団に腰をおろすなり、由紀也くんは勢いこんで言った。

「ドビュッシーの〈月の光〉。だから俺、聴こうと思ってレコードを出してきたんです。そしたら――」

レコードのジャケットのなかに、なにか入っているのを見つけたのだという。

「これ」

由紀也くんは、ポケットに入れてあったものを座卓に置いた。

それは、白い洋封筒だった。飾り気のない、どこにでも売っていそうな封筒だ。

「手紙かな？」

柊一が言うと、

「いえ……」

由紀也くんが、封筒から折り畳まれた数枚の紙をとりだした。六枚ほどあるだろうか。広げてみると――「楽譜《がくふ》ですね」と香澄さんが言う。

「……〈月の光〉」

柊一はつぶやいた。楽譜には曲名が書いてあるようだったが、外国の言葉だった。

「この曲だけ、破り取ったんだね」

紙の端は、不揃いにちぎれている。由紀也くんは、封筒からまたべつの紙をとりだし、座卓の上に広げて置いた。一筆箋《いっぴつせん》だ。書かれている言葉も短い。

「この封筒があると知ってて、俺に〈月の光〉を聴いてみろって言ったんですか？」

「いや……。兵吾さんと史子さん、ふたりが好きだった曲が〈月の光〉で、兵吾さんが君に譲ったレコードに〈月の光〉があると聞いて、もしかしたら、なにかあるかもしれない、と思っただけだよ。勘だ」

紙に書かれている言葉を一読して、柊一が立ちあがった。

「ちょっと待ってて」

そう言い置くと、座敷を出てゆく。どこへ行くのかと思えば、廊下にある電話台だ。

柊一は受話器をとると、どこかへ電話をかけた。相手が出ると、短いやりとりをして受話器を置く。ものの五分とかかっていない。どこへかけたのだろう。

「由紀也くん、明日の放課後って、空いてるかな」

けげんそうにしながらも、由紀也くんはうなずいた。

「はい、大丈夫です」

「じゃあ、明日の放課後、またここに来てくれる？」

「え……」

「菜穂ちゃんも来てくれるはずだから」

由紀也くんは驚いたように目をみはった。香澄さんが、「ひょっとして、いま電話をかけていたのって――」と言いかけると、「うん、庄司さんのお宅にかけてた」と柊一は答えた。

「これがあればきっと、兵吾さんの想いは伝わるよ」

座卓の上に広げられた紙を眺めて、柊一は言った。

陽《ひ》が朱色を帯《お》びはじめたころ、呼び鈴を押したのは、菜穂ちゃんだった。香澄さんが出迎え、座敷へと案内する。座敷ではすでに柊一と由紀也くんが待っていた。菜穂ちゃんは由紀也くんの隣に腰をおろす。

「……見てほしいものって、なんですか？」

菜穂ちゃんは座卓のそばに置かれた椿の鉢植えを横目に見ながら、早々に用件を訊いた。

「うん、ちょっと待ってね。香澄さんがふたりのために、今日もはりきってお菓子を作ってたからさ」

柊一がそう言うのと前後して、香澄さんが座敷にやってきた。

「今日はチョコナッツタルトに挑戦してみたんですけど」

言いながら座卓に並べた皿には、チョコレート生地に刻んだナッツをちりばめたタルトがあった。午前中に、香澄さんが本を見ながら一生懸命作っていたケーキだ。

菜穂ちゃんも由紀也くんもそれに目が釘《くぎ》づけになり、用件を忘れたようにフォークをとって食べはじめた。

「おいしい」菜穂ちゃんは言ったが、どこか悔しそうに柊一や香澄さんを見る。「……なんか、ごまかされてるみたい」

柊一は笑う。

「ごまかしはしないよ。兵吾さんに悪いからね」

そう言うと、菜穂ちゃんは気まずそうにちょっと視線を落とした。黙々《もくもく》とタルトを口に運ぶ。

あっというまに由紀也くんが完食し、しばらくして菜穂ちゃんも食べ終わると、香澄さんはケーキ皿のみならずティーカップも回収した。これから出す、紙を汚さないためだろう。柊一が畳の上に置いてあった白い封筒を、菜穂ちゃんにさしだした。

「……？　手紙ですか？」

菜穂ちゃんは柊一の顔と封筒とを不審そうに見比べて、手を出さなかった。柊一は自分で封筒から紙をとりだす。〈月の光〉の楽譜だ。

「これ……」

菜穂ちゃんは楽譜の一枚目を手にとった。「〈月の光〉？」

「書きこみがあるから、これで練習していたんだろうね。――史子さんの楽譜だよ」

「お祖母ちゃんの？」

菜穂ちゃんは顔をあげた。「どうして、そうわかるんですか？」

柊一は封筒から一筆箋を出して、座卓に広げた。

「これは、兵吾さんからのメッセージだよ。史子さんに宛てた」

君は僕に、いつか「月の光」を返しに来て、約束よ、と言ったけれど、君にもうこの楽譜は必要ないと思う。だが、約束は果たしたい。楽譜の代わりに、いまの君にふさわしい「月の光」を贈る。

紙には、そうしたためられていた。

「おそらく、史子さんを迎えに行く、と言った兵吾さんに、史子さんはこの楽譜を渡したんだ。この楽譜は、約束の証《あかし》だったんだね。——だけど、史子さんにはもう、必要ない。だって、彼女はすでに伴侶《はんりょ》を得て、幸せに暮らしていたんだから」

菜穂ちゃんは紙に書かれた文字を見つめて、黙っている。

「だから、兵吾さんは楽譜の代わりに、この椿を贈ろうとしたんだ」

柊一は椿の鉢植えに目を向ける。

この椿は、過去のふたりのために贈られたものではない。

「地上で美しく輝く、〈月の光〉——約束を守れなかったお詫びのつもりなんかじゃないよ。幸せをつかんだ史子さんへの、お祝いの花なんだ」

由紀也くんも香澄さんも椿を眺めていたが、菜穂ちゃんは兵吾さんの手紙から目をあげようとしなかった。じっと、なにかをこらえるように文字を凝視している。

「こんな手紙があるなら、お祖父ちゃんも俺にちゃんと言い遺してくれればよかったのに」

言い忘れたのかな、と由紀也くんが言う。

「試したのかもね」と柊一は言った。

「どういうことですか？」

「〈月光〉から、この手紙をさがしだせるか、どうか。――ほら、お菓子と一緒だよ」

あっ、と由紀也くんは声をあげた。家のなかにお菓子を隠して、見つけさせる、兵吾さんがよくやった遊びだ。

「お祖父ちゃん……」

あきれたような、うれしいような顔で由紀也くんは笑った。

「――あたし、ひどいこと言った」

ぽつりと、菜穂ちゃんが消え入りそうな声を出した。

「え？」と由紀也くんが目を丸くする。

「お祖父ちゃんのこと？　それなら、べつに――」

先日、兵吾さんが自己中だとか勝手だとか言っていたことか、と思いきや、菜穂ちゃんは首をふった。

「同窓会で池谷さんに会ったって、お祖母ちゃんが話してくれたとき……」

菜穂ちゃんは言葉をとめて、唇を噛んだ。

「あのときのお祖母ちゃん、すごくうれしそうだった。女の子みたいに浮かれてたの。それがあたし、なんだかすごく恥ずかしかったし、いやだった――間違ってる気がして」

「間違ってる？」と香澄さんが訊き返す。

「だって、お祖母ちゃんには、お祖父ちゃんがいるのに……。あたしはべつにお祖父ちゃん子じゃなかったし、十年も前に亡くなっててろくに覚えてもいないけど、なんか、かわいそうに思えて。池谷さんの話をしてるときのお祖母ちゃん、興奮して、はしゃいでた。それがあたし、すごく許せなくて――」

菜穂ちゃんは言いかけた言葉をのみこみ、ぎゅっとこぶしを握った。顔をしかめて、うつむく。その拍子に、彼女の目から涙がこぼれた。香澄さんと由紀也くんが、ぎょっと目をみはる。

「あたし、言っちゃった。お祖母ちゃんに、気持ち悪いって。なに浮かれてるのって」

涙は次々に菜穂ちゃんの瞳《ひとみ》に盛りあがり、落ちていった。菜穂ちゃんは肩を震わせ、しゃくりあげはじめる。

「お祖父ちゃんがかわいそうって、言った。それから、あた、あたし」

言葉をつまらせながら、菜穂ちゃんは続ける。

「お祖母ちゃんと、ろくに、はな――話も、しなくなって、そのうち、お祖母ちゃん、いろんなこと忘れちゃって」

あたしのこともわかんなくなった、と菜穂ちゃんは言って、顔を覆《おお》った。

「あたしのせいなのかな。あんなこと言ったから、お祖母ちゃん、悲しくなってぜんぶ忘れちゃったのかな」

――それは、菜穂ちゃんが心の奥にしまって、誰にも言えずにいた秘密だったのだろう。

蓋《ふた》を閉めて、鍵をかけてあったのだろう。

　彼女が椿を受けとることを頑《かたく》なに拒絶したのは、蓋を開けたくなかったからなのだ。胸に抱えたこの後悔を、思い出したくなかったのだ。兵吾さんの存在は、彼女にとって鍵だった。

　震えながら、菜穂ちゃんは嗚咽《おえつ》をもらしている。香澄さんがその背中を撫《な》でていた。由紀也くんはただおろおろとして、柊一は椿を見ていた。

　菜穂ちゃんの嗚咽が静まってきたころ、柊一は台所に向かい、お茶を淹れ直してきた。ついでに持ってきたタオルを菜穂ちゃんの前に置く。菜穂ちゃんはそれで顔を拭き、お茶を飲んだ。

「……ごめんなさい」

　菜穂ちゃんはいくぶん、気恥ずかしそうにうつむいている。

「誰にも言えないことはね、こうして通りすがりのひとに話すのが一番いいんだよ」

　柊一が年寄りじみた口調で静かに言うと、菜穂ちゃんは彼の顔を見あげて、こっくりとうなずいた。

「君のお祖母ちゃんは、君よりずっと長生きしてるから、君が抱いた嫌悪感もちゃんと理解して、受けとめていたと思うよ。歳をとったぶんだけ、強いんだからね」

　菜穂ちゃんは、目をしばたたかせたあと、すん、と鼻をすすった。まつげにまだ涙をまとわせたまま、菜穂ちゃんは椿を眺める。

「……ほんとうに、蕾のなかから、月の光が現れるみたい」

花を開いた椿を、そう評した。

「きれいな花。これを、池谷さんはお祖母ちゃんにふさわしいと思ってくれたんですね」

菜穂ちゃんは、すこし笑う。

「これ、お祖母ちゃんのところに持っていきます。〈月の光〉だよ、って言って」

うん、とだけ言って、柊一も笑った。

月の光を抱いた椿は、ほんのりと輝いているように見えた。


日曜日の昼下がり、柊一は着流し姿で庭に出ていた。香澄さんもかたわらにいる。菜穂ちゃんと由紀也くんは、日曜にふたりで椿を持ってゆく、と言っていたから、いまごろ一緒に史子さんのところにいるのかもしれない。

この庭の一角には、あの鉢植えとおなじ、〈月光〉の椿がある。柊一はその前に佇《たたず》んでいた。赤い蕾がほころび、白い月が顔をのぞかせている。

「満月みたいですね」

花を眺めて香澄さんが言う。

「わたし、ここに来るまで椿はふつうの椿しか知りませんでした。こんなにいろいろあるなんて」

と、庭を見まわす。花の咲きかただけをとっても、一重のものもあれば八重《やえ》のものもあり、なかには雄しべの内側にまた花弁があるようなものもある。葉の形が変わったものもあるし、花の色もさまざまだ。

「椿は何千という品種があるんだ。こんなに多彩な花を咲かせる木はないよ」

柊一は地面に落ちている椿の花を拾いあげる。

「椿の種を植えるとね、親とおなじ花は咲かない」

「どうしてですか？」

「椿は自家受粉を嫌うから、ほかの品種との交雑でしか種はできないんだ。そうなると、できた種は親とは違う品種になるだろ。自然交雑での実生《みしょう》は手っ取り早く新品種を作出できるけど、望んだ花が咲くわけではないし、親よりいいものはなかなかできない」

説明をじっと聞いていた香澄さんは、困ったように首をかしげる。

「……わざと難しく言ってませんか？」

ははは、と柊一が笑ったので、香澄さんは眉をよせる。

「柊一さんて、ときどき意地悪ですよね」

「ごめん。香澄さんがいろんな表情をするのが見たくて」

香澄さんは顔を赤くして、黙ってしまった。柊一は他意なくこういうことを言うので、たちが悪いと私は昔から思っている。

「——兵吾さんは、賭《か》けをしたのかもね」

ふいに柊一がそんなことを言って、香澄さんは「え？」と訊き返す。

「僕や、由紀也くんが、兵吾さんの死後に彼のために動いてくれるか。賭けだったのかもしれない。自分のためにそこまでしてくれるひとがいるのか、どうか……」

すくなくとも、彼は自分の子供たちには賭けなかったわけだが。

香澄さんは柊一が手にした椿を見ていたが、やがてにこりと笑った。

「それじゃ、賭けは兵吾さんの勝ちですね」

柊一も笑う。「そうだね」

「兄さん」

春の陽気のようなふたりのあいだに、寒々しい冬の木枯《こが》らしが割って入った。

檀が生け垣の向こうに立っている。あいかわらずの仏頂面だ。

「どうした？　檀」

「ちょっと用があってさ」

檀はじろりと香澄さんのほうを見やる。それからうしろをふり返った。

「俺じゃなくて、あのひとが」

ひとりの青年が、生け垣に近づいてくる。眼鏡をかけた、きっちりとしたスーツ姿の青年だ。柊一とおなじくらいの年ごろだろうか。なんというか――家計簿を毎日つけていそうな男だなと思った。なんとなく。堅いのだ、雰囲気が。そして顔立ちは端整《たんせい》だが、無表情である。檀と並ぶと、仏頂面と無表情で、お通夜《つや》かと思う。

「あ」

香澄さんが、調子っぱずれの声をあげた。

「晶《あき》お兄ちゃん」

その顔は青ざめている。

「どっ、どうしてここが――」

青年は香澄さんを無視して、柊一に向き直った。

「はじめまして」

見た目どおりの、しっかりとした低い声で、彼は言った。

「香澄の許婚《いいなずけ》です」

雷《かみなり》が落ちたように、私には思えた。なんとなく。

花いくさ

「――ああ」

晶《あき》お兄ちゃん、と呼ばれた青年と向き合った柊一《しゅういち》は、やわらかな笑みを浮かべた。

「香澄《かすみ》さんから聞いていますよ。鷲尾晶紀《わしおあきのり》さんですね。香澄さんを引き取って育ててくれたお家《うち》の」

それから門のほうを手で示した。

「どうぞ、なかに入ってください。檀《まゆみ》、案内してさしあげて」

檀が鷲尾晶紀氏を門のほうへつれてゆき、柊一は縁側からなかへとあがる。香澄さんもあわてて柊一のあとを追った。

「あ、あの、柊一さん――」

「まあ、ともかく話をしよう。彼も用事があって来たんだろうし」

ひそひそと話をして、香澄さんは台所に、柊一は玄関に向かった。

迎え入れた鷲尾氏は、玄関のなかをぐるりと見まわし、座敷に案内されるあいだも廊下やら床やらを眺めていた。玄関の網代《あじろ》天井や、檜《ひのき》の柱のすばらしさにこの青年は気づいただろうか。香澄さんが玄関に飾ってくれた椿《つばき》や、隅々まで拭き清めてくれている床板の美しさを、理解しただろうか。

座敷に入ると、鷲尾氏は床《とこ》の間《ま》に目をとめた。胡銅《こどう》の花入れに、三枚の葉をつけた椿をひと枝、生けてある。椿は〈小夜侘助《さよわびすけ》〉だ。小振りの紅《あか》い花である。

香澄さんがコーヒーと抹茶《まっちゃ》のパウンドケーキを運んできた。

「晶お兄ちゃんは、ミルク入れてよかったよね？」

鷲尾氏の前に置かれたコーヒーにはすでにミルクが混ぜられている。「ああ」と彼は短く答えた。

「おまえの作った菓子を食べるのも、ひさしぶりだな」

出されたケーキを眺め、ぽつりと言う。香澄さんは視線を畳《たたみ》の上に落とした。

「あの――晶お兄ちゃん」

香澄さんが言いかけるのを無視して、鷲尾氏は上着の内ポケットから名刺をとりだした。

それを柊一の前に置く。

「税理士さんですか」

名刺を手にとり一瞥《いちべつ》して、柊一はにこりと笑った。

「そんな感じですね」

「よく言われます」

鷲尾氏は食い気味に返した。言われ飽《あ》きているのだろう。

彼はコーヒーを飲むと、眼鏡の位置をちょっと直して、柊一をまっすぐ見た。

「香澄はいったいなぜ、ここにいるんです？」

単刀直入に、端的に彼は言った。

「去年の大晦日《おおみそか》に、香澄はわが家《や》からいきなり姿を消しました。母と言い争いをして、もう帰らないと言い置いて出ていったと聞いています。頭が冷えたら戻ってくるだろうと母は言っていましたが、ほうっておくわけにはいきません。しかし、心当たりをさがせど見つからず、携帯電話も家に残されていて、どうしたものかと思っていた矢先、香澄から連絡がありました」

感情を交《まじ》えない声と言葉でとうとうと説明して、鷲尾氏は横目で香澄さんを見た。

「香澄は、住み込みで家政婦をやっている、と言っていました」

香澄さんは肩を縮めて、彼から目をそらした。

「だから心配しなくていいと。ひと安心したものの、それからたびたび電話をくれましたが、どこで働いているのかは教えてくれませんでした」

ときどき香澄さんが公衆電話を使っている、と子スズメがしゃべっていたが、その電話先は、この青年だったらしい。

「どこで、どんな生活をしているのか気がかりだったのですが、そんなおり、こちらの篠《しの》沢《ざわ》さんから連絡をいただきました」

鷲尾氏は、檀のほうにちらりと顔を向けた。

「そうしたら、香澄はあなたと結婚したと聞いて、驚きました」

と言うが、その口ぶりからは驚いたところがまったく想像できない。

「香澄が家政婦と言っていたのはなんだったのか――」

「ごめんなさい。いきなり結婚した、と言ったら、びっくりさせるかと思って」

香澄さんが口を挟む。「落ち着いたら、結婚のことも打ち明けようと思っていたんだけど」

鷲尾氏は香澄さんを一瞥しただけでなにも言わず、柊一のほうに向き直る。

「香澄とあなたは、前々から知り合いだったわけではないようですね。それが突然、結婚？　なぜです？」

じわじわと包囲を狭めてくるような彼の言葉に、香澄さんはお盆を胸に抱きしめて、青い顔をしている。

「なぜ、前から知り合いではなかったと判断されるんです？」

柊一はまったくもって動じていない顔で、飄々《ひょうひょう》と返した。鷲尾氏はわずかに眉をひそめる。問いに問いで返すのはだいたい面倒な男であるのを、彼は知っているのだろう。

「俺だよ」

口を挟んだのは、檀だった。

「俺が探偵雇って、調べたんだ。兄さんたちの接点や、結婚までのいきさつ」

「……このところ近辺を嗅《か》ぎまわっている妙な男がいると思っていたら、おまえのしわざだったのか」

香澄さんが、あ、と声をもらす。隣の奥さんが教えてくれたあやしい男がそれなのだろう。

「兄さんたちは、去年の大晦日まで会ったこともなかった。香澄さんはずっと隣の市に住んでて、こっちには知り合いもいない。生い立ちが複雑だからとか兄さんは言って、香澄さんの育ての親と父さんたちを会わせようともしなかったけど、なにからなにまで、あやしすぎるだろ」

なに隠してるんだよ、と檀は柊一に迫る。

柊一は難しい顔をして、着物の袖《そで》に両手を入れた。いったいどう言い逃《のが》れするつもりだろう。

「――言いたくなかったんだが、しかたない」

香澄さんがはっと顔をあげた。柊一、なにを言うつもりだ。

柊一は正面を見すえて口を開いた。

「ひと目惚《ぼ》れだったんだ」

「は？」

柊一以外の三人が、同時に声をあげた。香澄さんも含まれている。

「あの日、香澄さんは駅舎の前に座りこんでた。ひとりぼっちで、不安そうで――気づいたら声をかけていたんだよ」

「ナンパかよ」とあきれた檀の声を柊一は無視する。

「たぶん、あの瞬間にもう心奪われていたんだ。だからその日のうちにプロポーズした」

「早すぎだろ！」

「結婚は縁と勢いだって、父さんも言ってたじゃないか」

檀は言葉につまっている。

「と、こういうわけなんです。柊一は鷲尾氏に顔を向けた。

じゃ、香澄さんがあなたがたの家から逃げた意味がありませんからね」

鷲尾氏はぴくりと眉を動かした。彼は香澄さんのほうを見る。

「おまえも彼のことが好きなのか？」

率直な物言いだ。「え？　あ、あの――」香澄さんはうろたえて、柊一に目を向け、あわててうなずいた。それを見て鷲尾氏は目をそらす。

「そうか。わかった。……母さんには、俺から言っておく」

香澄さんはうつむいた。「ごめんなさい」

「いや、ちょっと」と仏頂面《ぶっちょうづら》の檀が口を挟んだ。

「どうしてそんな簡単に納得するんですか。あなたは香澄さんの許婚《いいなずけ》だったんでしょう。

それなのに――」

「母が言っていただけですから」

鷲尾氏はやはり感情の見えない声で答える。

「高校を卒業した香澄に、母は花嫁修業をさせていました。どこかへ嫁にやるものと思っていたら、私と結婚させるつもりだったんですよ。いきなりそんなことを言われて、香澄も困ったでしょう。兄妹《きょうだい》同然に暮らしてきましたからね」

それで、香澄さんは家を飛びだした――ということだろうか。

「母も、言いだしたら聞かないし、退《ひ》かないひとですから。こうなってはうちに戻って、もとのように暮らすのは難しいでしょうし、不自由なく暮らしているならそれで結構」

鷲尾氏はあっさりとしたものだった。檀はますます仏頂面になっている。自分とおなじく、この結婚に異議をとなえてくれるものと、あてにしていたのだろう。

香澄さんはうつむいたままだ。

「おばさんは……怒ってる?」

鷲尾氏はちらりと香澄さんを見る。

「あのひとの性格はわかっているだろう。怒ってるよ。おまえにも、俺にも、自分にも」

彼は胸ポケットからなにかをとりだし、座卓に置いた。通帳と印鑑《いんかん》だ。

「これは返しておく。おまえが家を出るとき、置いていったものだ」

「それは――」

「育ててもらった対価のつもりだろうが、あの母がこんなものを受けとるわけないだろう。

侮辱《ぶじょく》だと怒ってる。おまえは母のプライドに泥《どろ》を塗ったんだ」

「だって……」

香澄さんは泣きそうな顔で背中を丸める。「それくらいしか、できないから……」

「母がおまえを引き取って育てたのは、自分で選んだことだ。その責任を負うのは母であって、おまえじゃない。これはおまえの両親が遺《のこ》したものなんだから、おまえの財産だ。大事にしろ」

香澄さんは悄然《しょうぜん》とうなだれ、ごめんなさい、とつぶやいた。

ふう、と鷲尾氏は疲れたように息を吐き、はじめて表情らしい表情を見せた。

「まあ、たまにはあのひとにも連絡をしてやってくれ。さびしがってるから」

すこし笑ったようだった。香澄さんはうつむいたまま、うなずく。それをしおに彼は腰をあげた。

「これで失礼します。お邪魔しました」

そう言うと、さっさとひとりで座敷を出ていこうとする。香澄さんがあとを追おうとして、急いだために足をもつれさせた。

「あっ」

畳の上に転んだ香澄さんに、「大丈夫?」と柊一が手をさしのべる。

「は、はい。すみません」

香澄さんは遠慮がちに柊一の手を借りて起きあがる。その様子を、鷲尾氏が眺めていた。

玄関まで見送りにきた香澄さんに、

「夫婦なのに、ずいぶん他人行儀なんだな」

と鷲尾氏は無表情に告げる。

「えっ」

香澄さんはぎくりとした顔をしたが、鷲尾氏はそれ以上なにも言わず、ただ、

「じゃあ、また来る」

とだけ言った。

「うん――え？　また？」

「俺はいまでもおまえのことを妹だと思っているし、妹が嫁《とつ》ぎ先で元気にやっているか、ときどき見にくるぐらい、してもいいと思うが？」

「あの――うん、ええと……そうだね」

香澄さんはしどろもどろになって、ひきつった笑みを浮かべた。その顔を、鷲尾氏は眺めている――いや、観察している。

彼は、疑っているのだ。あっさり退いたのではなく、今回は、ただの偵察なのだ。

そんな気がした。

香澄さんと鷲尾氏が玄関で見合っているいっぽう、座敷では柊一と檀が向き合っていた。

香澄さんの知らない会話が、ここでは交わされている。

「俺は納得してないから」

「おまえも暇だなあ」

「兄さんがうちを出て、こんな隠居屋敷で暮らして、所帯を持とうとしているのは、俺に遠慮してるからじゃないのか？」

こんなとは失礼な。

「河谷《かわたに》の叔父《おじ》さんが兄さんに子供のころからきつくあたってたの、知ってるんだぞ。叔父さんだけじゃない——」

兄さんが養子だからって、と檀は悔しそうに言った。

「檀。僕はここを気に入ってるんだ」

柊一は庭を見やり、淡々《たんたん》と言う。

「遠慮じゃないよ」

おまえにわかってもらえるといいんだけど、と柊一は静かに微笑した。

「檀のやつが、ごめんな」

鷲尾氏に続いて檀も帰ったあと、柊一は香澄さんに謝った。

「いえ、そんな」

座卓の上を拭きながら、香澄さんは首をふる。

「わたしこそ、こっそり晶お兄ちゃんに連絡してて、すみません。家政婦だって言ってたから、ややこしいことになっちゃって」

「いや、無事だと連絡くらいは入れたほうが、と僕も言ったしね。いきなり結婚したじゃ、よけいややこしい事態になってた気もする。実際、それで驚いてここにやってきたわけだし。僕の説明で納得してくれていたらいいけど」

「半信半疑のようでした」

「まあでも、僕たちは法律上、夫婦なのは事実だからね。疑ってたからって、ひき離せるわけじゃない」

これが家政婦だったなら、無理やりにでもつれ戻されたのかもしれない。だが、いまの香澄さんは柊一のれっきとした妻である。彼女をつれ帰ったところで、鷲尾氏の母親がいくら望もうとも、息子と結婚させることはできない。

「檀さんは、ちっとも納得してませんでしたね」

「でも、あいつだってひと目惚れを否定するのはなかなか難しいんじゃないかな。こっちがそうだと言い張ってしまえば。あの日、僕が香澄さんと駅前で出会って、その日のうちにプロポーズしたっていうのは、事実なんだし」

「——」

香澄さんは手をとめて、柊一を見あげた。

「どうかした?」

「いえ」とあわててまた手を動かしだす。

やっぱり、ひと目惚れというのは嘘《うそ》なのか。柊一は狸《たぬき》だ。しかし女心がわかっていない。あるいは、香澄さんもわかっていないのかもしれないけれど——彼女は、ちょっぴり本気にしてしまったのではあるまいか。

「あのとき、香澄さんがひとりぼっちで、不安そうで、声をかけずにいられなかったっていうのも、ほんとうなんだけどさ」

柊一はそう言って笑う。

「迷子になった子供みたいだった」

香澄さんは恥ずかしそうに顔を赤くする。

「あのとき……」と香澄さんは口を開く。

「家を出てきたはいいけど、行くあてなんてなくて……しばらく友だちの家にでも泊めてもらおうかと思ったんですけど、それだってそう何日もいるわけにはいかないし、途方に暮れてて」

それでも、もとの家に帰ろうとは思わなかったのか。なぜ、そこまで頑《かたく》なに思いつめたのだろう。おばさんとやらは、そんなにひどいひとだったのか?

「……柊一さんに声をかけてもらえて、ほっとしました。柊一さんは、なんだかすごく安心できる顔をしてたから」

「人畜無害《じんちくむがい》そうってよく言われるよ」

「そういうんじゃないんですけど……」

このひとは味方だ、となんとなく思ったという。

「だからついていったんです」

柊一は、彼女を近くの居酒屋につれていって、ご飯をおごったらしい。ふつうにナンパだな。人畜無害な、爺《じじ》むさい男のくせに。

そこでふたりは意気投合——というか利害が一致して、いまに至るというわけか。たしかにふたりには縁があったのだろうし、結婚したのは勢いだろう。柊一の言ったことは嘘ではない。

しかし、鷲尾氏は去ったものの、これで終わりだという気は、まったくしなかった。むしろこれがはじまりであったことを、のちのち、私は知るのである。


その日、座敷で洗濯物を畳んでいた香澄さんは、生け垣の向こうにひとが立ちどまったのに気づいて、縁側をおりた。

「なにか御用ですか？」

生け垣のうしろに立っているのは、二十代前半くらいの女性だった。さっぱりしたショートカットにすらりとした背、切れ長の瞳《ひとみ》は一見、青年と見紛《みまが》うような容姿だが――それも『美』がつく青年だ――れっきとした女性であるのを私は知っている。裏手にあるすみれ荘の住人だからだ。

「若隠居、いる？」

やわらかなアルトの声は、やはり女性のものだ。香澄さんは彼女を男と見誤りはしなかったようで、声を聞いても驚いてはいない。

「はい、ちょっとお待ちを――」

「あ、呼んでこなくてもいいよ。椿の鉢植えができてるかどうか、訊《き》いてくれたらいいだけだから。あたし、絢《あや》っていいます。裏のすみれ荘に住んでて、すみれさんの店のバーテンダー」

香澄さんはこれには驚いたようで、目を丸くした。

「わたし、女性のバーテンダーのかたにははじめてお会いしました」

そう言ってから、「あ、違う。男性のバーテンダーにも会ったことなんてないんだった」と肩をすくめた。

絢さんは、にっと唇の端をあげて笑う。そういう笑いかたがさまになる女性だった。

「椿の鉢植えですね。訊いてきます」

香澄さんは小走りに縁側からなかにあがる。柊一の部屋の前で立ちどまり、香澄さんは「柊一さん」と声をかけた。ふたりのあいだで、声もかけずに勝手に戸を開けることはしない、と決められている。

「絢さんてかたが、椿の鉢植えはできてますか、って訊きにいらしてますけど」

「ああ」と短く言って、柊一は戸を開けた。

「できてるよ。今日持っていくって?」

「いえ、そこまでは聞いてません。できてるかどうかだけ訊いてくれたらいいと」

「ああ、そう。じゃあ今日はいいんだな。持っていくんならそう言うだろうから」

慣れたふうに言う柊一に、香澄さんは「あのかた、お友だちですか?」と訊いた。

「すみれさんの店のバーテンダーなんだ」

「はい、お聞きしました」

「ときどきうちに来るよ。そういや、最近は来てなかったな」

そうですか、と言って香澄さんは柊一の部屋を離れる。その顔が微妙に浮かないものになっていることに、当人はもちろん、柊一も気づいていなかった。

庭に戻り、香澄さんは生け垣に駆けよる。

「できてるそうです」

「そっか、ありがと。今度本人がとりにくると思うから」

「本人？」

「鉢植えを作ってくれるよう頼んだの、あたしじゃないんだ。友だちでね」

そうなんですか、と言った香澄さんの顔を、絢さんはつくづくと眺める。

「若隠居も、すみにおけないよね。枯れたような顔して、こんなかわいい奥さん、いつのまにか捕まえてるんだから」

香澄さんも、絢さんの顔をじっと見あげた。

「絢さんは、柊一さんのご友人ですか？」

「ご友人なんてたいそうなもんじゃないよ。まあ、飲み友だち？　たまにね」

そう言ったあと、香澄さんの顔を見て、

「いつもすみれさんが一緒だけどね」

とつけ加えた。そしてにやっと笑う。

「心配しなくても、若隠居とヘンな関係じゃないから。かわいいもんだねえ、新妻の嫉妬《しっと》って」

「えっ」

香澄さんはぶんぶん、首をふった。「いいえ、そういうんじゃ――」ない、と主張するのも妻としてはおかしいのか、と香澄さんは思ったのか、言葉はちゅうぶらりんでとまる。

「今度うちの店においでよ。おいしいカクテル作ったげる」

「いえ、わたしお酒は――」

「じゃ、またね」

絢さんは颯爽《さつそう》と手をふって去っていった。王子様のようだ。香澄さんは、絢さんのすらりとしたうしろ姿をぼんやりとした様子で見送っていた。

「絢さん帰った？」

縁側に柊一が出てきた。

「は――はい。たったいま」

「そう」

柊一は庭におりて、隅に置いてある鉢植えに近づく。

「それが頼まれたっていう椿ですか？」

香澄さんもそばに寄る。鉢植えの椿は、すでに赤い蕾《つぼみ》をほころばせていた。たくさんの花弁がみっしりと咲く、大輪の華《はな》やかな椿だった。

「〈紅嵐《べにあらし》〉という椿なんだ。結婚祝いに贈りたいと言われてね」

祝いにぴったりの晴れがましい花である。

「頼んだのは、絢さんのお友だちだそうですね」

「みたいだね。高校時代の友人って言ってたけど」

その友人とやらがやってきたのは、その日の夜のことだった。

「夜分にすみません」

荒川美緒《あらかわみお》と名乗った彼女は、線の細い、やわらかな雰囲気の女性だった。やや垂《た》れた目尻が泣き笑いしているように見える。

「親友が今度結婚するんです。それでこれを贈りたくて……」

美緒さんは椿を感慨深げにじっと見つめている。

「思い出の椿なんです。こちらのお庭で見かけたときから、気になっていて。ほんとうにありがとうございます」

丁重に礼を言って、美緒さんは帰っていった。夜の闇《やみ》のなかを去ってゆくそのうしろ姿は、どこかさびしさをただよわせているようにも見えた。

「どうかしたんですか?」

美緒さんが帰ったあとも、柊一は玄関に佇《たたず》んでいた。

「いや、結婚祝いにと言うわりには、あまりうれしそうな顔をしてなかったなと思ってさ」

「親友が結婚するのが、ちょっとさびしいんじゃありませんか?」

「ああ、そういうものかな」

春先の夜はまだ寒い。柊一は「夜は冷えるね」と言いながら、戸を閉めた。

「こないだ、絢が来たでしょ」

手土産《みやげ》のたい焼きをさしだしながら、すみれさんは縁側に腰をおろした。

「はい。きれいなかたですね」

香澄さんはたい焼きの包みを開けて、「柊一さんに持っていきますね」と腰をあげる。

柊一は部屋で仕事中なのだ。彼女が柊一にお茶とたい焼きを持っていって戻ってきたとき、すみれさんはすでにふたつめのたい焼きを食べ終わっていた。

「絢が来てから女性客が増えたんで、助かってんのよね。あ、絢といえばね」

三つめのたい焼きの頭をかじってから、すみれさんは身をのりだした。

「檀《まゆみ》。ここに来るでしょ？　あいかわらずうるさい？」

「はあ、うるさいというか、なんというか」

香澄さんは言葉を濁《にご》す。するとすみれさんはにやっと笑った。

「じゃあね、魔法の言葉を教えてあげるわよ。あんまり鬱陶《うっとう》しくなったら、こう言いなさい。『絢を呼ぶわよ』って」

「絢さんを……？」

「絢は檀の天敵なのよ。猫と鼠《ねずみ》みたいな？　すぐ逃げてくわよ」

「はあ……」

　香澄さんは半信半疑の顔をしている。

「この前来たときにはふたり鉢合わせしなかった？　したら面白いものが見られたのに」

「平日の昼間でしたから。絢さんは椿の鉢植えができてるかどうか訊きにいらしただけで、すぐ帰ってしまいましたし」

　ああ、と言いつつすみれさんは、唇の端についたあんこをごてごてと指輪をはめたごつい指でぬぐう。

「椿の鉢植えってあれでしょ、絢の友だちが結婚するとかで、その親友が贈りたいとか言ってるって」

「ええ、そのご友人がとりに見えましたよ」

「結婚祝いだなんて、ほんとかしらねー」

　と言うので、香澄さんは不思議そうな顔をする。「どうしてですか？」

「その絢の友だちふたり、うちの店に来たことあるけど、面倒くさそうなふたりだったわよ」

「面倒……？」

「親友だなんて言い合ってる女ほど面倒なもんはないわよ。あれはね、競ってんのよ。いつも相手より自分がちょっと幸せでいたいのよ。着てる服も髪型も微妙に違うんだけど、根本的に一緒なの。あれは過去に男の取り合いしてるわよ」

「まさか」

すみれさんは自信ありげに笑う。

「案外、揉《も》めるかもね、この結婚。あたし、そういう勘《かん》はいいのよ」

そう言ったとき、

「すみれさん……」

と恨めしげな声がした。生け垣のほうを見れば、絢さんが暗い顔をして立っている。

「あら、どうしたのよ、そんな顔して」

絢さんは無言のまま、門から入って縁側へとやってくる。

「すみれさん、やめてくださいよ、八卦見《はっけみ》みたいなこと言うの……当たるんだから」

「八卦見って。あんた、言葉が古いわよ」

そう言って、すみれさんは「ん?」と変な顔をした。

「『当たる』って言った? え、当たっちゃった? 揉めてんの?」

「揉めてんですよ。というか、揉める前にい、な、く、な、っ、ち、ゃ、っ、たんですよ」

「は?」とすみれさんはアイラインを濃く引いた目を丸くする。

「駆け落ちしちゃったんですよ。新郎が、結婚予定の子じゃなく、親友の、美緒と!」

絢さんはたい焼きを片手にため息をついている。

「駆け落ちねえ……あんたまた古い言葉遣《つか》うわねえ」

「古かろうがそうとしか言いようがないんですよ」

結婚を予定していた子は、尾川歩美《おがわあゆみ》というそうだ。

「歩美は寝こんでますよ。なんだってこんなことに」

「前から実は揉めてたんじゃないの？　もとは婚約者は美緒ちゃんの彼氏だったとかさ」

「違いますって。歩美が相手の——直哉《なおや》っていうんですけど、直哉さんを彼氏だって美緒に紹介したとき、はじめて会ったんですから」

どうだかねえ、とすみれさんは言っている。

「そもそもさ、あのふたり、仲よくないでしょ？　親友とか言ってたけど」

絢さんは微妙な顔をしている。

「仲よくないけどくっついてる子たちって、いるんですよね。あたし高校が女子校だったんですけど、仲がよかろうとよくなかろうと、離れられない間柄ってあるんですよ。ひとりがいやとかそういう次元の話じゃないですよ。妙に惹《ひ》かれ合うっていうのかなあ」

「そういうふたりがくっついてるから、今回みたいなことになったんじゃないの？」

さあ……と絢さんはたい焼きをかじる。

「ほんとうに、駆け落ちなんですか？」

香澄さんもたい焼きを食べながら尋ねる。

「書き置きがあったんだよ。直哉さんと美緒の連名の」

歩美さんへの謝罪と、さがさないでください、としたためられていたそうだ。

「ふたりがどういう経緯でそういう仲になったのかは、歩美もわからないって。直哉さん、会社も辞めちゃってるんだってさ」

「それは本気ね」

「うん。一流どころだったんですよ。美緒ももちろん会社辞めてるし、ふたりいまごろどこでどうやってるんだか……」

「行き先は、まったくわからないんですか？」

「わかんない、というより、さがす必要ないって歩美の両親は猛烈に怒ってるからねえ。直哉さんの親はもうひたすら謝るしかないっていう。縁を切るって言ってるらしいよ」

式場とか本決まりにする前だったからまだよかったけど、と言う。

「結納《ゆいのう》を交《か》わす前日だったんだって、駆け落ちしたの」

結納までしてしまっては、後戻りできない——と考えたのだろうか。

「美緒の仕返しだって、歩美は言ってたけどね」

「仕返し？」

「大学生のころ、美緒の彼氏盗《と》ったことあるんだよね、歩美」

うわあ、とすみれさんが顔をしかめた。

「ほら！　やっぱり、そういうことやってんじゃないの」

「でも、仕返しで駆け落ちはしませんよ。会社も辞めて知らない土地で先行きわからなくなって、親にも合わせる顔なくなるのに」

わりに合わないじゃないですか、と絢さんは言う。

「そこはほら、燃えあがってわかんなくなってんのよ」

番茶を飲みほして、すみれさんは湯呑《ゆのみ》を置いた。

「ま、男は吐いて捨てるほどいるわよ。今度歩美ちゃんつれてきなさいよ、サービスしてあげるから」

絢さんはようやく、疲れた顔でちょっと笑った。


夕食のさい、香澄さんは駆け落ちのことを柊一に話した。

「へえ、この前のあのひとが」

言って、柊一はイワシのフライにかじりつく。イワシは梅肉《ばいにく》と青じそを巻いて揚げてあった。さくっといい音がする。

「椿の鉢植え、どうなったんだろうなあ」

最初に出てくる感想がそれか、と私は思ったが、香澄さんも「そうですねえ」と言っている。

「わざわざここまで受けとりにきたのに、駆け落ちするなんて、変じゃありませんか？」

駆け落ちする気なら祝いの品物なんて用意しないだろう、と言うのだ。たしかにそうである。

「いま、鉢植えはどこにあるんでしょうね。まさか歩美さんに渡してはいないでしょうし」

お祝いを渡したうえで駆け落ちしたなら、相当なものであろう。そこまで底意地の悪そうな女性には見えなかった。むしろ、さびしそうだった。あれは、友人を裏切って駆け落ちすると決めていたからだろうか。

玄関の呼び鈴《よりん》が鳴った。

「また檀かなあ」と柊一は箸《はし》を置き、面倒そうに玄関に出てゆく。――私が口をきけたなら、警告できたのだが。のほほんとしたその顔で戸を開けるんじゃない、備えろ、と。

「はい？」

玄関の戸を開けた柊一は、目の前に立つ女性を見て「おや？」という顔をした。

「どちらさまですか？」

「――美緒、いるんでしょう」

女性はくぐもった声で、呪いを吐くように言った。キッと顔をあげて柊一をにらみあげる。門を入ってきたときから、彼女はものすごい形相をしていた。般若《はんにゃ》の面。ちょうどあんな感じだ。目は血走り、下まぶたにはくまができている。唇はかさかさだった。その顔をゆがめて、叫ぶ。

「ここで匿《かくま》ってんじゃないの？　出しなさいよ、美緒を！」

彼女が誰だかは知らなかったが、推察はできた。

「まさか――歩美さん？」

声に驚いて台所からやってきた香澄さんがつぶやく。

「出てこい、美緒！　絶対許さない！」

金切り声をあげて、彼女は柊一につかみかかった。

「ちょっと、落ち着いて――美緒さんはここにはいませんよ」

「嘘！　嘘つき、いるんでしょ！」

柊一のシャツのボタンが飛び、腕がひっかかれる。

「香澄さん、絢さんに電話して。今日はお店休みだから、たぶんすみれ荘にいるはず。電話番号は住所録に載ってる」

「はい」

香澄さんは弾《はじ》かれたように電話台まで走り、急いで電話をかけた。絢さんが来るまで、五分くらいだったろうか。そのあいだに歩美さんは手足をふりまわして暴れ、泣き叫び、それをなだめる柊一の服はやぶれたし、ひっかき傷もたくさん負った。彼女のよく手入れされた長く美しい爪は凶器である。絢さんが息を切らして到着したとき、柊一はなんとか歩美さんの両手をつかんで、その凶器がふりまわされるのを防いでいるところだった。

「歩美……」

絢さんの顔を見たとたん、歩美さんは空気が抜けたように三和土《たたき》にへたりこんだ。柊一が息をつく。彼のありさまを見て、絢さんは顔を青くしていた。

「だ、大丈夫？　若隠居。うわあ、血が……」

「ひっかき傷だから、たいしたことないよ。それより彼女、なかに運ぼう」

へたりこんでいる歩美さんを、柊一は絢さんとふたりで抱《かか》えようとしたのだが、絢さんがさっとひとりで彼女を抱えあげてしまった。かっこいい。

「歩美、あんたちゃんと食べてる？　軽いよ」

「……」

歩美さんはただしゃくりあげている。

「若隠居、迷惑かけてごめんね」

「いや、大丈夫」

歩美さんを座敷へと運び、柊一は香澄さんに傷の手当てをしてもらう。消毒薬を染みこませた脱脂綿を傷に当てられるたび、柊一はちょっと顔をしかめていた。

「服が破けちゃいましたね」

「もう着られないかなあ」

「繕《つくろ》えば大丈夫ですよ」

香澄さんは縦《たて》に裂《さ》けたシャツを検分している。

「ごめんね。それはあたしが弁償するよ」

絢さんはしゅんとしている。まさか、歩美さんがこんなところに乗りこんでくるとは思わなかったのだろう。

「香澄さんが繕ってくれるっていうから、いいよ。——それより、その子、なにか食べるなり飲むなりしたほうがいいんじゃない？」

畳の上に座りこんだ歩美さんは顔が青白く、頬《ほお》もこけていて、いまにも倒れそうだった。

「ホットミルクでも作ってきましょうか。それとも、はちみつ湯ぐらいのほうがいいかしら」

香澄さんが言って立ちあがろうとしたとき、歩美さんが顔をあげた。

「……お味噌汁《みそしる》のにおいがする……」

さっき叫んでいた声とはまるで違う、か細い、消え入りそうな声で彼女はつぶやいた。

「今日はお揚げと大根の味噌汁なんです。よかったら食べますか？　イワシに梅肉と青じそを挟んで揚げたフライもありますよ。あとはポテトサラダとか、糠《ぬか》漬《づ》けとか」

歩美さんは表情の消えた顔でぼんやりと香澄さんを見ていたが、やがて小さな子供みたいにこくんとうなずいた。

多めに揚げておいてよかった、と言って香澄さんは歩美さんのぶんをとりわけ、皿に盛る。あたため直した味噌汁をさしだすと、彼女はしばらくその湯気を顔にあてるようにして器をのぞきこんでいた。ゆっくりと箸を手にとり、味噌汁に口をつける。

「……おいしい」

ろうそくに小さな火がともるように、歩美さんの顔に生気が戻った。

「よかった」

料理に手をつける歩美さんを見て、絢さんはほっとしている。柊一と香澄さんも中断していた食事を再開した。

「いつもふたりの食事だから、たまにはこういうのもいいですね」

「うん」

などとふたりは話している。

歩美さんは黙々《もくもく》と、盛りつけられたぶんをきれいに平らげた。絢さんがお茶を淹れに立つ。

「こんなに食べたの、ひさしぶり」

ふう、と歩美さんは息をついている。それから柊一と香澄さんを見て、深々と頭をさげた。

「いろいろと、ごめんなさい。ご迷惑おかけしました」

乗りこんできたときの般若のような顔は、すっかり若く美しい女性のものに変わっていた。いや、戻っていたと言うべきなのか。万人が美人とは言わないかもしれないが、華のある顔立ちをしている。

「恥ずかしい。自分がこんな真似《まね》するなんて」

歩美さんは絢さんが淹れてくれたお茶を飲んで、きゅっと唇を噛《か》んだ。

「美緒のせいよ。美緒が駆け落ちなんてするから……」

柊一もお茶をひと口飲んで、

「どうしてうちに来たの？」

と、子供に言うように穏やかに語りかけた。いつもながら彼の口調は静かでやわらかく、ひとの心を鎮静させるものがある。

歩美さんはちょっと柊一を見あげて、うつむいた。

「椿の鉢植えが、なかったから」

「え？」

「あの子、椿の鉢植えをとりに来たんでしょう？　でも、美緒の家にはなかったの。持って帰ってきたのは、美緒のお母さんが見てるのよ。それがなかったってことは、駆け落ち

するときに持っていったってことでしょ。だから、あなたたちがなにか知ってるかもって
――ひょっとしたら、美緒たちを匿っているのかもって思ったのよ」

「鉢植えを持っていった……？」

柊一が驚いている。あんなもの、駆け落ちするなか持ち運びするのは面倒だろうに。

「どうしてだろう」

「思い出の椿だって、美緒さん、言ってましたよね」

香澄さんが言う。

「思い出？」と歩美さんはけげんそうな顔をする。

「てっきり、あなたとの思い出がなにかあるんだと思っていたんですけど」

「ないわ」

歩美さんは首をふった。

「椿に思い出なんて、なにも。美緒から聞いたこともないし。――絢、なにか知ってる？」

「ううん」と絢さんも首をふる。「あたしが聞いたのは、あたしのとこに遊びにきた美緒が、ここの庭の椿を見て気に入ったから、お祝いに贈りたいって言ってたことだけ」

みんな、不思議そうに顔を見合わせるばかりだ。

「絢さんたちは、高校時代からのお友だちなんでしたよね？」

香澄さんが訊く。

「あたしと、彼女たちはね。歩美と美緒は、中学からだっけ？」

「小学校の途中から。美緒は転校生だったのよ。小学六年のころね」

「どこから？」

柊一の問いに、歩美さんは「え？」とけげんそうにする。

「どこから引っ越してきたのかな」

歩美さんは首をかしげる。

「どこだったか……ああ、たしか、新潟よ」

「それがどうかしたんですか？」

香澄さんが問いかけると、柊一は「いや……」と黙《だま》りこんだ。

「美緒から連絡は一切ないの？」

絢さんはいつのまにか台所に立ち、小鍋を火にかけていた。牛乳の甘いにおいがただよう。彼女のかたわらには棚から出したブランデーやらラム酒の瓶《びん》やらが並んでいた。

「ないよ。電話はつながんないし、メールも返ってこない。直哉さんも一緒」

歩美さんはぎゅっとこぶしを握りしめた。

「こんなのって、最低。彼氏ならともかく、婚約者を盗《と》る？　美緒がここまでするとは思わなかった」

「『彼氏ならともかく』って、あんたそれも相当よ」

絢さんは小鍋のなかを木べらでかきまぜながら、あきれている。

「だいたいあんたも大学生のとき、美緒の彼氏盗ったでしょうよ」

「だから痛み分けだっていうの？　彼氏と婚約者は違うわよ！　彼氏はまだ売約済みじゃなくて、予約してあるだけなんだから！」

なんだそれは、と歩美さん以外の全員がおなじ表情をしていた。

「……直哉さんのことは、責めないんだね」

柊一が口を挟んだ。「美緒さんばかりが悪いわけじゃないと思うけど」

「男はそんなもんでしょ」

歩美さんはつまらなそうに、ふんと息を吐いた。

「恋人がいようが、おいしそうな餌《えさ》があったらすぐ目移りするんだから。しょうもない」

「それはあんたがしょうもない男ばっかりひっかけてきたからでしょうが」

まともな男もいるよ、と絢さんは柊一を指さす。歩美さんはムスッとむくれた。

「どうせ、あたしはしょうもない男しかつかまえられないわよ。だからこんなことになってんのよね。わかってるわよ。ぜんぶあたしが悪いんでしょ」

「またそうやっていじける」

絢さんはマグカップに小鍋の中身をそそぐ。淡い黄色をしたそれに、ブランデーとラム酒を垂らして混ぜる。甘いにおいに、お酒の芳香《ほうこう》が重なった。

「はい。これでも飲みなよ」

絢さんはマグカップを歩美さんの前に置いた。

「それ、なんですか？」

香澄さんが興味津々の顔でマグカップを眺めている。絢さんは笑って、彼女の前にもおなじものを作って置いた。

「……エッグノッグ」

歩美さんがぽつりとつぶやく。

「洋風の卵酒みたいなもんだよ」と絢さんは言う。「卵と牛乳とお酒の飲み物。今回のはちゃちゃっと作った簡易版だけど」

ひとくち飲んだ香澄さんは、「おいしい！」と目を輝かせている。「レシピ教えてください。今度作ります」

「絢ん家《ち》行くと、ときどきこれ作ってくれたよね。美緒とふたりで飲んでた……」

歩美さんもマグカップに口をつける。そうしてこらえきれなくなったように、くしゃりと顔をゆがめた。

「——あたしは、そんなに悪いことをした？　そんなに美緒に憎まれてたの？　ふたりに裏切られるようなことをした？　直哉さんは、しょうもない男だと思わなかったのに。ほかの男とは違うと思ったのに——」

しゃくりあげながら、涙を飲みこむようにエッグノッグを口に流しこむ。お酒が回ってきたのか、歩美さんはくどくどと美緒さんと直哉さんへの恨み言を繰り返し、涙と鼻水を流した。

恨み言も尽きてテーブルに突っ伏した歩美さんを、絢さんが揺する。

「ほら、帰るよ。家まで送ってくから」

「やだ。絢ん家泊まる」

「親御さんが心配してるでしょ」

「電話するから」

「もー……」

しかたないな、と笑って絢さんは歩美さんを背中におぶった。

「大丈夫？　手伝おうか」

「平気、平気。これ以上、若隠居に迷惑かけらんないし」

ほんとごめんね、と謝って、歩美さんを背負った絢さんは帰っていった。玄関の戸を閉めた柊一は、しばらくその場に突っ立って、考えこんでいた。

「あ、ボタン」

香澄さんが三和土に落ちていたボタンを拾いあげる。歩美さんがひきちぎった、柊一のシャツのボタンだ。

「よかった、これで直せますよ。――どうしたんですか?」

「ん?　ああ、いや」

柊一はふり返る。と、香澄さんの顔を見て、すこし目をみはった。

「香澄さん、顔、赤くない?」

「え?　そうですか?　べつに熱はないですよ」

「いや、ほっぺた熱いよ」

柊一の手が香澄さんの頬に触れて、香澄さんの顔はますます赤くなった。

「ひょっとして、エッグノッグのせいかな。あれ、けっこうお酒入ってるから」

「大丈夫ですよ」

香澄さんはあわてて三和土をあがるが、その足どりはどうもあやしい。ふらふらしている。柊一が彼女の肩を支えた。

「動き回らずに、すこし休んでいたほうがいいよ」

「でも、洗い物が――」

「僕がするから」

そう言ったかと思うと、柊一は香澄さんをひょいと抱えあげた。ちょうど、歩美さんを抱えたときの絢さんのように。そのまま香澄さんを運んでゆく。香澄さんは目を丸くして固まっていた。柊一はひょろりとしているわりに力持ちである。

柊一は香澄さんの部屋まで彼女を運ぶと、「お水を持ってくるから」と台所に引き返す。畳の上におろされた香澄さんは、目を丸くしたまま呆然としていた。それから次第に顔が真っ赤になってゆく。水を入れたコップを持ってきた柊一が、「さっきより顔が赤くなってる」と驚いたが、香澄さんはろくに返事もできていなかった。

翌日、柊一はめずらしくどこかへ出かけていった。その前に電話をかけていたが、誰にかは知らない。

柊一が帰ってきたとき、香澄さんは彼のシャツにボタンをつけ、裂けた部分を繕っていた。香澄さんは手早く、しかも丁寧《ていねい》にシャツを繕っている。無心に針を動かす香澄さんは、美しいと思う。居間に入ろうとした柊一は、しばし彼女の姿を眺めていた。

「あっ、おかえりなさい」

柊一に気づいて、香澄さんはあわてる。

「ごめんなさい、帰ってきたの、気づきませんでした」

「いや、いいよべつに」

柊一は笑っているが、『ただいま』と言って玄関を開けたとき、香澄さんの出迎えがなくて、ちょっとさびしそうにしていたのを私は知っている。

「お茶でも淹れましょうか?」

「ううん、続けて。――うまいもんだね」

柊一は香澄さんの手もとを見て言う。

「こういうことは、おばさんからひと通り教えてもらったので」

「ふうん」

じっと眺めている柊一に、香澄さんは手をとめる。

「あの……そうやって見られていると、やりにくいです」

「そう？　見てると面白いんだけどな」

香澄さんが困った顔をするので、柊一は笑って「じゃ、あっちを見ていよう」と庭のほうを向いた。椿が盛《さか》りである。

「どちらにお出かけだったんですか？」

「うん、ちょっとね」

居間には卓袱台《ちゃぶだい》がある。柊一はその上に頬杖をついた。

香澄さんは口を開いたが、なにも言わずに閉じてしまった。おたがいのプライバシーに踏み込まない、という約束をしているので、それ以上訊くのを思いとどまったのだろう。

訊けばいいのに、と私は思う。

香澄さんが口を閉じたのとは逆に、柊一が口を開く。

「――香澄さん、花軍《はないくさ》って知ってる？」

「花いくさ?」

「平安時代の遊び。どちらの花がすぐれているか、花の優劣を競う遊びだよ」

「はあ……」

香澄さんはどういうものだかピンと来ないようで、不思議そうな顔をしている。

「いや、歩美さんと美緒さんみたいだなと思って」

幸せを競って、男を取り合って——。

「歩美さんは、美緒さんたちのいる場所がわかったら、どうするかな」

「わかったんですか?」

香澄さんは驚いている。

「いや——」

電話が鳴った。

柊一は立ちあがり、廊下に出ると電話をとった。柊一は電話の相手とふたこと、みこと言葉を交わしただけで切った。居間に戻ってくると、「今夜、また歩美さんが来るよ」と香澄さんに告げる。電話の相手は、歩美さんだったのだろうか。はあ、と香澄さんは目をしばたたいた。

「じゃ、今夜はお鍋にしましょうか」

歩美さんと鍋を囲むつもりらしい。私は香澄さんの、こういうところが好きだ。

「それはいいね」

と、柊一も笑った。


トントン、と包丁の小気味よい音が響いている。香澄さんがイワシの身を生姜《しょうが》やら味噌やらと合わせてたたいているのだ。イワシのつみれ鍋にするつもりらしい。

柊一のほうはといえば、自分の部屋に籠《こも》って黙々とキーをたたいている。ときおり手をとめ、眼鏡を外して目薬をさしていた。

歩美さんがやってきたのは、そんなときだ。まだ日暮れ前である。冬のさなかよりずっと日が長くなったとはいえ、ずいぶん早いご到着だ。

「定時であがってすっ飛んできたのよ。だって気になるじゃない。美緒たちの居場所がわかったって、ほんとなの？」

駅から走ってきたらしい、歩美さんは息を切らしていた。

「まあ、あがって。今日はイワシのつみれ鍋だから」

柊一は歩美さんを台所につれてゆく。

「あたしは今日もご馳走《ちそう》になるつもりはなかったんだけど」

カセットコンロの上でぐつぐついっている鍋に当惑しつつも、歩美さんのお腹《なか》がぐうと鳴った。走ってきたのなら、よけいお腹は空《す》いただろう。

「……まあいただくけど」

顔を赤らめて歩美さんは席につく。

「まだ煮えてないので、ちょっと待ってくださいね」

鍋奉行《ぶぎょう》の香澄さんが菜箸《さいばし》を手に具の様子を見ている。柊一はおとなしく具が煮えるのを待っていた。前に鍋をしたさい、てきとうに煮えてそうなところを食べようとしたら、「まだそれは煮えてません！」と香澄さんに注意されたからだ。

「それで、美緒たちは、いまどこにいるの？」

湯気が立ちのぼる鍋を眺めて、歩美さんが言った。つみれになったイワシのいいにおいがただよっている。

「どこにいるか、たしかめたわけじゃないんだ」

「わかってないの？」

歩美さんはがっかりしている。

「直哉さんのご両親や美緒のお母さんは、なんて？　会いに行ったんでしょう？　ふたりのこと、なにか知っていた？　いきなり住所を教えてほしいなんてあなたが電話してきて、びっくりしたけど」

香澄さんが鍋から目をあげた。

「そのかたたちに会いに、出かけていらしたんですか？」

「うん、まあね。僕が訪ねることを、歩美さんが先方に連絡を入れてくれてたおかげで助かったよ。いきなり訪ねていっても、話してくれなかっただろうから」

「あたしだって、美緒たちの居場所がわかるかもしれないって言われたら、それくらいするわよ」

美緒さんの母親にしろ、直哉さんの両親にしろ、いまの歩美さんにとっては連絡しづらい相手だろう。向こうはそれ以上だろうが。

「でも、なんであなたがそこまでするの？　昨日乗りこんできたあたしが言うのもなんだけど、あなたは椿をあげただけなのに」

「気になったからね。それにあの椿……」

柊一はいったん口を閉じ、歩美さんに顔を向ける。

「歩美さんは、直哉さんが一時期、新潟に住んでいたのを知ってる？」

「え？」

歩美さんは目を丸くした。

「新潟？　いいえ、聞いたことないわ。それがどうか――」歩美さんはなにか思い当たったように、はっとする。「え、ちょっと待って。新潟って……」

「美緒さんが小学六年のころまでいたのも、新潟だったね。新潟県の柏崎《かしわざき》市だそうだ。これは美緒さんのお母さんから聞いたことだけど」

「まさか……」

「直哉さんがいたのも柏崎市。美緒さんは小学生のころ、両親の離婚で母親に引き取られることになって引っ越して、直哉さんは父親の転勤で中学のときに引っ越したそうだ。美緒さんが引っ越すまで、ふたりはおなじ小学校に通う、同級生だったんだよ」

歩美さんは黙りこんで、鍋を見つめている。考えこんでいるようだった。

「……そんなこと、ふたりとも言ったことなかった。ふつう、ただの同級生だったら、言うよね？　なつかしい、って。それを言わなかったのは――」

――ふたりにとって、ただなつかしい、昔のことではなかったから？

「ふたりが小学生当時どんな仲だったのかは、僕にはわからない。ただ、あの椿がね」

椿、と歩美さんは繰り返す。「美緒が、あなたからわけてもらった鉢植えの？」

柊一はうなずく。

「あれは、〈紅嵐〉という。――もとは新潟の、柏崎市にある民家で栽培されていた品種なんだ」

「え……」

「あの椿を、美緒さんは『思い出の椿』だと言った。僕は美緒さんのお母さんに、尋ねたんだ。引っ越しの前後に、椿のことでなにか覚えていることはないかって。そしたら――」

――そういえば、と、美緒さんの母親は口にしたそうだ。

「引っ越す前の日、美緒さんは赤い椿をもらって帰ってきたそうだよ。一風変わった椿だったそうだ。〈紅嵐〉の写真を見せたら、これだとうなずいていたよ。――当時、美緒さんは、誰からもらったのか、餞別《せんべつ》なのか、なにも言わなかったそうだけど……彼女はそのとき、泣き腫《は》らした、赤い目をしていたそうだ」

赤い椿を手にした、少女の姿が思い浮かぶ。歩美さんは、ただ黙っていた。

「直哉さんが新潟で暮らしていた家には、赤い椿が植えられていたそうだ。社宅だったそうだけど、前に住んでいたひとが柏崎で生まれた新種の椿をわけてもらって、育てたものだと。こちらも写真を見せて確認したら、やはりこれだと言われたよ。念のために、僕は直哉さんのお父さんに、その椿の品種を確認してもらった。――〈紅嵐〉だった」

美緒さんと直哉さんをつなぐ、赤い椿。真っ赤な花弁が、いま、この場に見えるようだった。

「……ふたりは……」

歩美さんはそう言ったきり、うつむいてしまった。土鍋のなかで、つみれや野菜が煮える音だけがしている。

小学生のふたりのあいだに、どんな想いがあったのかはわからない。だが、美緒さんは赤い椿をもらって涙し、それは彼女にとって『思い出の椿』となった。その相手が十数年後、美緒さんの前に現れたのだ。――友人の婚約者として。

「――どうして言ってくれなかったの。ふたりとも、黙って……黙って逃げだすなんて」

最低、とつぶやいた声は弱々しかった。

「ふたりは、どこにいるの？　その新潟にいるの？」

「さっきも言ったようにたしかめたわけじゃないけど、柏崎には美緒さんのお父さんもいるし、お父さんの実家もあるんだ。そこを頼っているかもしれない」

「……」

歩美さんは、考えこんでいる。追いかけてゆくつもりだろうか。

「――はい、どうぞ。煮えましたよ」

香澄さんがつみれや白菜をよそった器を、歩美さんにさしだした。あたたかい湯気が立っている。「お好みで七味をかけてください」

歩美さんはしばし無言でそれを見つめていたが、やがて受けとった。手を合わせて「いただきます」と小さくつぶやくと、箸をとる。まずはつみれを口に入れた。ちょっとびっくりしたように目をみはる。

「おいしい」

「よかった」

香澄さんはうれしそうにする。

「全然臭《くさ》みがない。混ぜてあるの、生姜？」

「生姜と味噌と、みじん切りにした長ネギです」

「へえ」

感心したように言って、歩美さんは熱そうにしながらもつみれを頬張った。香澄さんと柊一も食べはじめる。「鍋もそろそろ食べ納めかなあ」「そうですね」などとふたりは話している。歩美さんは黙々と箸を進めていた。

「お鍋だとお腹のなかがあったまりますね」

「この前の水炊《みずた》きもおいしかったなあ。しめの雑炊《ぞうすい》もおいしかったし」

「今日のしめはうどんです」

「へえ、それもおいしそうだな。香澄さんが来てから、ご飯が楽しみになったよ」

香澄さんはうれしそうに笑っている。

「仲いいのね」

歩美さんが白菜をもりもり食べながらふたりを眺めている。

「当たり前か。新婚だもんね」

はあ、とふたりはあいまいに笑う。たしかに新婚である。――表向きは、と心のなかで付け足しでもしているのだろうか。

歩美さんはよく食べた。しめのうどんもおかわりした。

「人間、お腹が空くとダメよね」

箸を置いてそう言ってから、ちょっと首をかしげ、

「違うか。お腹が空かなくなるとダメなんだわ」

と言い直した。

「新潟に行ってくる」

お茶を淹れていた香澄さんは手をとめてふり返る。

「歩美さん――」

「会って、文句言ってくる。こんなの、直接会って話さなきゃいけないことでしょ。なんで逃げだすの？　あたしと目茶苦茶やりあって、奪えばよかったのに。逃げるんじゃなくて、ケンカしなくちゃいけないのよ、あたしたちは」

歩美さんは立ちあがった。

「お茶はいらないわ、ごめんなさい。ごちそうさまでした。いろいろと、ありがとう」

そう言って、歩美さんは台所を出ると足早に玄関に向かう。香澄さんと柊一は、あわててあとを追った。

建てつけの悪い玄関の戸を開けて、歩美さんは柊一たちをふり向く。そして笑った。

「ケンカが終わったら、直哉さんは熨斗《のし》つけて美緒にやるわよ」

晴れやかな笑顔だった。玄関を出た歩美さんの足取りは、次第に速くなってゆく。街灯が照らす坂道を、彼女は駆け足でくだっていった。

「花いくさをするんですね」

玄関から歩美さんのうしろ姿を見送って、香澄さんが言う。そうだね、と柊一はほほえんだ。


「今回は、ほんとうにごめんね。迷惑かけちゃって」

絢さんは頭をさげて、千鳥屋《ちどりや》の紙袋をさしだした。中身はどらやきである。

「こんなことしていただかなくても」

と言いつつ、香澄さんはうれしそうにどらやきを受けとっていた。正直である。

香澄さんはお茶を淹れて、絢さんとふたり、縁側に座る。柊一は部屋で仕事中であった。

「結局ねえ、やっぱり新潟にいたのよ、あのふたり。柏崎だっけ。美緒のお父さんの実家にいたの。歩美が乗りこんでいってさ、修羅場《しゅらば》だったらしいんだけど、帰ってきた歩美はけろっとしてたわよ」

言いたいことを言って、すっきりしたらしい。美緒さんと直哉さんはそのまま柏崎で職をさがして住むことに決めたそうだ。子供のころ過ごしたあちらのほうが、性《しょう》に合うと言っていたという。

「ま、一件落着ってことかな」

「よかったですね」

香澄さんはどらやきを食べながら笑う。

「歩美がお礼を言ってたよ、鍋おいしかったってさ。今度あたしにも食べさせてよ」

「じゃあ、なに鍋がいいですか？」

「そりゃあ、すき焼きだよ」

すき焼きかあ、と香澄さんは空を見あげている。

「柊一さんに相談してみますね」

「いいお肉、期待してる」

どらやきをかじりながら、香澄さんはちらりと絢さんをうかがう。

「……あの、絢さん。つかぬことをお訊きしますが」

「なあに、あらたまって」

「柊一さんに、お姫さま抱っこされたことって、あります？」

ぶほっ、と絢さんは飲んでいたお茶を噴いた。

「はっ？　あるわけないじゃん」

「そ……そうですか？」

「そうでしょ。つうか、ふつうないでしょ」

「いえ、あの、柊一さんならやりそうだなあというか、無頓着《むとんちゃく》そうだから」

香澄さんはしどろもどろになっている。

「若隠居はたしかに無頓着なんだけどさ、さすがにその辺はわきまえてると思うよ。香澄ちゃんが奥さんだからでしょ」

「えっ？」

「香澄ちゃんがされたから訊いてるんでしょ、お姫さま抱っこ」

「……」

香澄さんはお茶を飲んでごまかしている。会話を聞いて、香澄さんが何のことを言っているのか、ようやくわかった。エッグノッグを飲んでふらついていた彼女を、柊一が抱きかかえて運んでいった、あのときのことか。あれのことをお姫さま抱っこというのか。ひとつ覚えた。

「若隠居はほかの女にそんなことはしないから、安心しなよ。いいねえ、新婚さんは」

「い、いいえ、違うんです。そういうんじゃなくて」

香澄さんは真っ赤になっている。

「そういうんじゃないいんなら、何なの？」

ふいに声が割って入って、香澄さんが固まった。

張りのある、しっかりとした女性の声。庭の入り口に、五十代くらいの中年女性が立っていた。うしろで髪をひとつにまとめた、きつそうな顔立ちの婦人だ。春めいたライラック色のニットにパンツスーツの立ち姿は、なかなか格好がいい。どこか見覚えのある顔だなと思った。町内の誰かではない、最近見た顔――。

「おばさん」

香澄さんがかすれた声を出した。

おばさん。香澄さんの言うおばさん――ということは、例の、香澄さんを育てたひとだ。先日やってきた、鷲尾晶紀の母親だ。

「門にインターホンがなかったから、入らせてもらいましたよ」

彼女は、仁王立ちで香澄さんを見おろしている。

「ど、どうしてここに、あの、晶お兄ちゃんは」

「話は聞きました。だからここに来たんでしょう」

そう言って、じろりと香澄さんをにらむ。

「あれでわたしが納得すると思った？」

香澄さんは肩を縮めている。

私は理解した。鷲尾晶紀は、斥候《せっこう》だったのだと。斥候というのは、本隊に先んじて偵察する者のことだ。

斥候が去って、それからが本番。

戦いは、これからなのだ。

追憶の椿

「『おばさん』って……香澄《かすみ》ちゃんの知り合い？」

絢《あや》さんが不思議そうに『おばさん』と香澄さんを見比べている。

「あ、あの――はい」

「じゃ、あたし帰るわ。話があるみたいだし」

そう言って絢さんは『おばさん』に目礼《もくれい》して去っていった。香澄さんは沓脱石《くつぬぎいし》の上に立って、気まずそうにうなだれている。

「なかにあがってもいいのかしら？」

言い終わらないうちに『おばさん』は玄関のほうに回る。香澄さんはあわててなかから玄関に向かった。戸を開けて、彼女を迎え入れる。

「どうぞ……」

「どうも」

香澄さんは『おばさん』を座敷へと案内する。あきらかに香澄さんは気がすすまない様子だが、『おばさん』はまったく意に介していない。

「――お客さん？」

部屋から出てきた柊一と、香澄さんたちは廊下で出くわした。香澄さんはうろたえる。

「はい、あの――」

「鷲尾笙子《わしおしょうこ》です。はじめまして」

『おばさん』——笙子さんは頭をさげた。そしてさっとあげる。いちいち動作がきびきびしたひとだ。

「香澄がお世話になったようで、ありがとうございます」

笙子さんは着流し姿の柊一を顔から爪先まですばやく一瞥《いちべつ》する。それで柊一の価値をはかったようだった。——顔はいいけど、ぼんくらそうね、とでも思ったのだろうか。そんな気がする。

「ですが、香澄は返していただきます。それを申しあげにきました」

香澄さんは驚いた顔で笙子さんを見あげる。柊一は、ただいつものように穏やかな微笑を浮かべていた。

香澄さんは緊張した様子でお茶を出す。それをひと口飲んで、笙子さんは眉をよせた。

「ちょっと熱いわね」

「あっ……ご、ごめんなさい」

「僕が熱めのほうが好きなので、合わせてくれてるんですよ。ごめんね、香澄さん」

柊一が言うと、笙子さんは「そう」とだけ言って湯呑《ゆのみ》を置いた。

「話は晶紀《あきのり》から聞きました。香澄はつれて帰ります」

母子そろって単刀直入なひとたちである。

「鷲尾さん――あなたの息子さんは、『不自由なく暮らしているならそれで結構』と言ってお帰りになりましたが」

柊一が言うと、

「あの子は淡白でいけないわ。わたしだったらその場でもっと追及してましたよ。あの子が香澄と連絡をとっていたから、わたしはてっきり、ほとぼりが冷めたら香澄は帰ってくるつもりなんだと思っていたんですよ。それがなんですか、家出したさきでひと目惚《ぼ》れして、結婚？　馬鹿《ばか》をおっしゃい。そんな勢いまかせの子に育てた覚えはありませんよ」

息子同様、感情を抑えた声でとうとうとしゃべる。いや、年季《ねんき》が入っているぶん、息子よりも迫力があった。

「香澄は利発で慎重な子です。間違っても、初対面の相手と結婚するようなうかつな真似《まね》はしません。何と言っても、わたしが育てたんですからね」

笙子さんはそこでひと息ついて、お茶を飲む。それからまた口を開いた。

「どんな口実を使ったのか知りませんけどね、香澄を丸めこんで結婚させて、そんなこと、わたしは認めませんよ」

笙子さんは、どうも、柊一が家出娘の香澄さんをあの手この手で騙《だま》して結婚に持ち込んだと思っているようだ。

笙子さんは柊一をねめつける。

「香澄は十九歳ですよ。未成年の娘をたぶらかして結婚させるなんて、まあ……」

「おばさん！　柊一さんはたぶらかしてなんて」

「たぶらかされているのよ。おまえは子供だからわからないだけで。うさんくさいったらありゃしない」

「なんにせよ」

柊一は笑顔のまま、のんびりと言った。

「僕は香澄さんと結婚しています。それを無効にする権限はあなたにはありませんね。未成年者の結婚には保護者の同意が必要ですが、ふた親がいない場合はその限りではない。香澄さんはあなたの養子ではありませんし」

笙子さんは顔をしかめた。そして香澄さんのほうに顔を向ける。

「こういう男がわたしは一番嫌いよ。いったい、晶紀のどこがいやだっていうの？　あの子のほうがよほど優良物件なのに」

自分の息子を物件扱いなのもどうかと思うが。

「いやというわけじゃなくて……」

「じゃあ晶紀と結婚すればいいわ。帰りましょう」

笙子さんは香澄さんの手をつかみ、いまにもひきずって帰りそうだった。

「鷲尾さん」

柊一が静かに、だがきっぱりとした声を出した。

「香澄さんは僕の妻です。そして、あなたの息子さんとは結婚したくないと言って逃げだしたんです。無理やりつれて帰ったところであなたの息子さんとは結婚しませんし、そもそも僕の妻ですから」

笙子さんは苛立《いらだ》たしげに柊一をにらんだが、香澄さんの手を放した。

「――わかったわ。晶紀と結婚しろとはもう言わない。だけど、あなたたちの結婚をわたしは認めません。会ったばかりの十九の娘をたらしこんで結婚するような男を、わたしは信用しません。常識でお考えなさいな。当然でしょう」

柊一はすこし首をかしげた。「はあ。それで?」

「香澄はつれて帰ります」

柊一は香澄さんを見る。香澄さんはうつむいていた。

「彼女は帰りたくないようですよ」

「なぜ？　晶紀とは結婚しなくてもいいって言っているでしょう。帰ってきなさい」

「わたしは……」香澄さんが口を開く。「おばさんの家には、もう帰りません」

「だから、どうして？　晶紀との結婚がいやで家出したんでしょう?」

香澄さんは返答に窮《きゅう》したようにうつむいている。

「ですから、香澄さんはもう僕の妻です。勝手につれて帰られては困ります」

柊一が助け船を出すようにそう言うと、香澄さんもそれに乗る。「そ……そうです、わたし、柊一さんのそばを離れたくありません」

ふたりの様子に笙子さんはしばらく眉根をよせたあと、ため息をついた。

「じゃあ、こうしましょう。篠沢《しのざわ》さんといったかしら？　あなたがわたしを納得させられたら、わたしはあなたを信用します。結婚を認めるし、香澄をつれて帰ろうとは金輪際《こんりんざい》しません」

「納得？」

柊一も香澄さんも、けげんそうな顔をする。

「わたしを納得させられなかったら、香澄はやはりつれて帰ります。香澄がいやがろうともね」

「……どう納得させろというんです？」

「椿《つばき》がお好きなんですってね」

笙子さんは庭に目を向けた。

「ええ、まあ」

「それじゃ、椿にはお詳しいんでしょうね？」

「詳しいというほどでもありませんが」

柊一の返答は慎重である。

「さがしてほしい椿があるの」

庭の椿を眺めながら、笙子さんは言った。

「夫と一緒に、一度だけ見た椿なのよ。それをもう一度見たいと思うのだけど、どういう椿だかわからないの。それを見つけてくれたら、あなたのことを見直しましょう」

「……椿を見つけたら、納得できるんですか？」

「誠意の問題ですよ。それだけのことをしてくれる誠意を見せてくれるか、どうかってことよ」

柊一は腕を組んで、庭の椿を見やる。

「どんな椿なんです？」

柊一はこの話に乗ることを決めたらしい。笙子さんは薄く笑う。

「椿じゃないみたいな変わった花だったわ。白くて、花びらの真ん中のほうが桃色をしているのよ。きれいな花だった……」

笙子さんは思い出すように目を閉じ、しみじみと言った。

「咲きかたは覚えていますか？　一重《ひとえ》だったか、八重《やえ》だったかというような」

「一重ではなかったわ。花びらがたくさんでね、華やかで美しかった」

「……」

柊一は考えこんでいる。

「どう？　わかるかしら？」

「――いえ、すぐには。ですが、調べてみますので、お時間をいただけますか」

「いいわ。じゃあ、期限は一週間。それまでに見つけられなかったら、離婚してもらいますからね」

それと、と笙子さんは香澄さんのほうを向く。

「それまで、香澄はわたしのほうで預かります」

「えっ」

香澄さんと柊一の声が重なる。

「一週間後、ここに香澄と一緒に来ます。そこで答えを見せてくださいな。それで納得できたら、香澄を置いてわたしだけ帰ります」

「そんな、おばさん――」

香澄さんが抗議のためか声をあげたが、柊一は「わかりました」と答えた。

「一週間後に来てください。見つけておきましょう」

楽しみにしているわ、と笑って笙子さんは立ちあがった。

笙子さんはそのまま香澄さんをつれて帰ろうとしたが、荷物をまとめなくてはならないので、すぐさま出てゆくわけにもいかない。笙子さんだけさきに帰らせて、香澄さんはあとから追いかけることになった。

「わかりそうなんですか?」

笙子さんが帰ったあとの座敷で、香澄さんが心配そうに柊一に尋ねた。

「んー、どうだろうね」

香澄さんの眉がさがる。柊一は笑った。

「いくつか心当たりがあるから、調べてみるよ」

のんきな口調でそう言って、座卓に頬杖《ほおづえ》をつく。

「それより、どうする?」

「なにがですか?」

「僕たちの結婚。香澄さんは、晶紀さんとの結婚から逃げてきたわけだよね。君のおばさんは、それなら晶紀さんと結婚しなくていいって言ってたけど」

「……柊一さんは、わたしとの結婚を解消したほうが、いいですか?」

おそるおそる、というふうに香澄さんは尋ねる。

「いや、香澄さんがいてくれるならそのほうが僕も助かるけど。でも、やっぱり香澄さんが家に帰りたくなったって言うなら、解消するよ」

柊一はやさしげにほほえんだ。香澄さんはうつむく。複雑そうな顔だ。しかし柊一は香澄さんのそんな表情には、とんと気づかない。聡《さと》いくせに、こういうときの女心にこうも疎《うと》いのはなぜなのだ。

「何にせよ、椿については調べるけどね。——香澄さんは、さっきの椿の話、聞いたことあった？」

いいえ、と香澄さんは首をふる。

「はじめて聞きました。おばさんは亡くなったおじさんの話、ほとんどしなかったので」

「え、亡くなってるの？」

「はい。晶お兄ちゃんが小さいころに、病気で。わたしを引き取るよりも前のことです。だから、おばさんは女手ひとつで、晶お兄ちゃんだけでもたいへんなのに、わたしまで育ててくれて……」


笙子さんは晶紀氏と同様、税理士だそうだ。個人事務所を切り盛りしているという。

「わたしの両親が亡くなったとき、親戚中が引き取るのを渋って、それに業《ごう》を煮やしたおばさんが、『それならわたしが引き取ります』って言ってくれたんです。おばさんは、両親の大学時代からの友人で」


笙子さんの夫も、やはり香澄さんの両親の大学時代からの友人だったそうだ。

「おじさんは、忙しいひとだったそうです。だから晶お兄ちゃんは、父親のことをあんまり覚えていないと言ってました。おばさんも、たしかゆっくりできたのは新婚旅行のときくらいだったって。アメリカ旅行だったそうですけど」

香澄さんはほほえんだ。

「おばさんには、感謝しかありません。他人のわたしを、ここまで育ててくれました。晶お兄ちゃんと、なにひとつ分け隔《へだ》てなく。厳しいけれど、情の深いひとです。そのぶん強引だったり、ひとの話を聞かなかったりして困ることもありますが」

たしかにそんな感じだった。なつかしむように香澄さんは苦笑したが、すぐに目を伏せる。

「そんなこともふくめて、おばさんには、たくさん愛情をもらいました。でも……」

香澄さんは、膝《ひざ》に置いた自分の手を見つめた。長いこと黙《だま》って、見つめ続けた。手を握ったり開いたりしている。柊一は香澄さんが口を開くまで、さきをうながすことなく、ただ待っていた。

「……晶お兄ちゃんと結婚しなさいって言われたとき、すっと、世界が反転するような気持ちになりました。晶お兄ちゃんがいやだったんじゃありません。お兄ちゃんはお兄ちゃんで、男性として見たことはないけれど、もちろん好きです。それがいやだったんじゃなくて——」

そうだったのか、と思ってしまったのだと、香澄さんは言った。

「おばさんは、わたしをお嫁さんにしようと思って育てていたのか、って。礼儀作法や、家事のしかたや、言葉の使いかた——些細《ささい》なことまでおばさんはわたしに教えてくれました。あれは、そのためだったのか、って思ったんです。わたしを養子にしなかったのも、理想の嫁に育てあげて、晶お兄ちゃんに宛《あて》がいたかったからなのか、って……もちろん、それだけじゃないことは、わかります。おばさんは、わたしを愛してくれています。それくらいわかります。でも、同時におばさんのそんな願望も、見えてしまった」

　香澄さんは、手を見つめたままだ。そこに笙子さんの顔が映っているかのように。

「あのとき、おばさんは、わたしが拒絶するとはすこしも思っていない顔をしていました。だって、行き場所のないわたしを引き取って育てたのは、おばさんなんだから。そのひとが言うことを、断るわけがない――おばさんはけしてそんなふうに思うひとではないけれど、でも、あのとき、わたしの目の前に現れていたのは、そんなまなざしでした」

　かすかに笑みを浮かべて、香澄さんは膝を見つめる。

「なんの打算もない、裏表のない愛が欲しかったわけじゃありません。わたしの言い分は、身勝手で贅沢《ぜいたく》だと思います。だけど、正論や建前《たてまえ》で、この感情をなだめることができませんでした。あのとき、心のどこかが、すうっと冷めてしまって」

　それをふたたび、あたためることができないのだと。

「わたしはもう、あの家で暮らしても、前とおなじにはいかない。温度が違うんです。わたしはもう、以前のような家族になれない。もとのように戻ろうとしたら、きっと、かえっておたがいを傷つけてしまいそうで――そうしたら、なにもかもを壊してしまいそうで」

だから、帰れません、と香澄さんはか細い声で言った。

柊一は、庭を見ていた。

「……うん。そう」

椿が枝からぽとりと落ちる。

「そういうことは、あるね」

私には、柊一の気持ちがすこし、垣間《かいま》見えた気がした。彼が香澄さんを妻に迎えたのは、たとえ形だけのことだったとしてもそうしてしまったのは、彼女に自分とおなじものを感じたからではなかっただろうか。

家族のなかの異分子。そう気づいてしまったら、もとには戻れない。

柊一は——。

玄関の呼《よ》び鈴《りん》が鳴った。

「わたし、出ます」

香澄さんがすばやく立ちあがり、玄関に走った。玄関で待っていたのは、檀《まゆみ》だ。檀は香澄さんを見て、ちょっと眉をよせた。

「兄さんは?」

と、檀は出し抜けに訊《き》く。

「います。どうぞ、なかに——」

「ここでいい。兄さんを呼んできてくれ」

ぶっきらぼうに言われ、香澄さんは座敷へ取って返した。柊一は檀の声を聞きつけ、座敷から出てきていた。

「どうかしたのか?」

玄関にやってきた柊一は、檀に尋ねる。

「今度、うちに西荻《にしおぎ》の大叔父《おじ》さんたちが来る。河谷《かわたに》の叔父さんたちも」

「——そう」

「俺が呼んだんだ」

柊一は眉をひそめた。「なんだって?」

「一度、はっきりさせておいたほうがいいと思ったんだよ。兄さんは、れっきとした篠沢家の跡取りだ。親戚だろうと、まわりにとやかく言われる筋合いはない。それをちゃんと宣言する」

「……檀」

「兄さんがうちを出ていったのは、叔父さんたちがうるさいからだろ。養子だからどうのって。あんなひとたちに遠慮することなんかない。兄さんは堂々と、うちに戻ってくればいいんだ。こんな」

と、香澄さんのほうを見やる。

「無理に結婚なんてしなくたっていい。兄さんはひとがいいから、たぶらかされてるんだよ」

おっと、ここでも『たぶらかす』という言葉が出た。

「香澄さんは悪くない」

「悪いだろ。このひとと結婚してから、兄さんはますますうちに帰ってこなくなったじゃないか。このひとが帰らせないんだろ」

「違う。檀、僕はもうあの家を出たんだ。だから――」

「出る必要なんてなかったじゃないか。あの家を継ぐのは兄さんだ。戻ってきてくれよ、兄さん。あの家が兄さんの家なんだから」

「やめてくれ」

鋭い声が、檀の言葉をさえぎった。――それが柊一の声だと、檀も香澄さんも、一瞬わからなかったようだった。柊一がこんな声を出すのを、たぶん、彼らははじめて聞いたのだ。

「そういうことじゃないんだ。僕が家を出たのは、叔父さんがうるさかったからでも、遠慮してるからでもない。おまえがこれ以上、僕を家に戻そうとするなら、おまえをこのさき、ここには入れない」

厳しい声音《こわね》に、檀が言葉をつまらせている。

「そんな――」

「檀、僕は」

　これ以上は、だめだ、と思った。言葉を重ねれば、言わなくていいことも、言ってはいけないことも、言ってしまう。そういうものだ。だが、私にはとめる術《すべ》がない。

　誰か――と思ったとき。

「ま――檀さん！」

　香澄さんが声を張りあげた。

「今日は帰ってください。そうじゃないと、絢さんを呼びます！」

「はっ？」

　檀が目をむく。

「なんでそこで絢のやつが出てくるんだよ⁉」

　檀はうろたえたようにあとずさった。その背がうしろにいた人物にぶつかる。

「呼んだァ？」

　絢さんが立っていた。

「通りかかったら、なんかあたしの名前が聞こえたからさ」

「げっ」と檀が喉《のど》をしめあげられたような声を出す。

　絢さんは檀を見てにやにや笑っていた。

「ひさしぶりじゃん、檀。あいかわらず兄さんにべったりなの？」

「う……うるさい」

檀はしっぽを巻いた犬のようにじりじりと絢さんから離れる。

「最近、なんでうちの店に来ないの？　すみれさんがさびしがってたよ。心配しなくても、酔っぱらってつぶれちゃったらまたあたしが介抱してやるのに」

檀は言い返すこともできずに悔しそうに絢さんをにらんでいる。彼は以前、すみれさんのバーで酔いつぶれて、それを介抱したのが絢さんなのだ。それ以来、檀は絢さんに頭があがらない。

「じゃ……じゃあ兄さん、また来るから」

それだけ言って、檀は逃げるように玄関を出ていった。というか、逃げたのだ。

檀のうしろ姿が門を出てゆくと、絢さんは柊一たちをふり返った。

「はは、若隠居、怖い顔」

「……」

柊一は片手で顔半分を覆《おお》った。

「若隠居でもそんな顔するんだね」

絢さんは香澄さんのほうを見て、にっと笑う。

「檀は甘やかされて育った末っ子だからさ、一度がつんと言ってやんなよ。へこんで面白いから」

「はあ……あの、ありがとうございました、来てくれて」

「いーえ、通りかかっただけだから。じゃあね」

絢さんは軽く手をふって去っていった。いつでも颯爽《さっそう》としたひとである。

ふう、と柊一は息を吐いた。「ごめんな、香澄さん。騒がしくして」

「え……いいえ。あの——」

「檀の言ったことは気にしなくていいから。あいつはさびしがり屋なんだよ。いつまでも僕がそばにいられるわけじゃないのにさ」

柊一は笑う。いつもの調子に戻っている。

「でも……」香澄さんは玄関のほうに目を向けた。檀の姿を思い出しているのだろうか。

「わたしと結婚したから、檀さんはああも荒れてるんじゃありませんか。柊一さんは——」

香澄さんは口ごもり、それからふたたび口を開く。

「柊一さんは、わたしが困っていたから、結婚してくれたんじゃありませんか？　わたしがいなかったら、そんなことは——」

「そういうわけじゃないよ」

続く言葉を香澄さんは待ったが、柊一は笑みを浮かべているだけで、なにも言わなかった。柊一の笑みは、それ以上の問いを阻む防波堤《ぼうはてい》のようだ。だが、香澄さんは問いを重ねた。

「だったら、どうして結婚したんですか?」

柊一は微笑を浮かべたまま香澄さんを見おろした。

「事情は訊かない約束だったよね」

香澄さんはぐっと言葉につまる。──ここでそれを言うか、と私は思った。香澄さんが、あえて踏み込んでくれたのに。柊一はこうなのだ。昔から、ひとあたりはいいくせに、いざとなるとこういう壁の作りかたをする。私は、気が気ではない。そういうことをしていると、みんな離れていってしまうのに──。

「そっ……それはずるくないですか?」

香澄さんが、こぶしを握りしめて言った。

「わたしの事情はもうぜんぶ話してしまったのに、柊一さんはなにも言わないっていうのは、フェアじゃないと思います」

「でも、それは僕が無理やり訊きだしたことじゃないし」

「だけど、聞いたじゃありませんか。とめたり、耳をふさいだりしなかったんだから、それは積極的に聞いたってことですよね」

「そう言われてもなあ」

柊一は当惑している。香澄さんは、ちょっと怒っているようだった。彼女が怒るところを見たのははじめてだ。だから柊一も、とまどっているのである。

「あのさ、なんで怒ってるの？」

香澄さんの眉があがる。あー、と私に頭があったら抱《かか》えていた。この男は、どうしてこのタイミングで、そういう火に油をそそぐようなことが言えるのだろう。

「もういいです。おばさんの家に行きます」

香澄さんはぷいと顔を背《そむ》けて、部屋に戻ってしまった。押し入れから鞄《かばん》を引っ張りだし、荷物をまとめはじめる。柊一はいまだ当惑顔で、廊下に突っ立っていた。


「ねえ若隠居、香澄さんの姿が見えないようだけど、どうしたの？」

柊一が椿の世話をしていると、生け垣越しに隣の奥さんが訊いてきた。

「ちょっと実家に帰ってるんですよ」

「あらまあ、どうして？　おめでた？」

「いえ、まあ、ちょっと」

言葉を濁《にご》すと、奥さんは訳知り顔でうなずいて、去っていった。あれではたぶん、すぐさまご町内に「若隠居の奥さんが愛想を尽かして実家に帰った」と広まるだろう。はたして、その日のうちにすみれさんがすっ飛んできた。

「香澄ちゃん、あんたに愛想尽かして実家帰っちゃったんだって!?」

柊一は、はー、とため息をついた。

「ちょっと実家に帰ってるだけですってば」

「なんで？　ケンカでもしたの？　あんたって無自覚に女を怒らせそうだもんね」

「……そうですか？」

どういうところが？　と思いがけず柊一が食いついてきたので、すみれさんは「まあ落ち着きなさいよ」と言ってたい焼きをさしだした。ふたりは縁側に腰をおろしてたい焼きをかじる。

「あんたはねえ、好々爺《こうこうや》みたいに愛想がいいくせ、胸襟《きょうきん》を開かないからね。そういうとこでしょ」

「はあ……」

「なあんか、腹のうちが読めないっていうかね。心配しても、あんた飄々《ひょうひょう》としてるから、のれんに腕押ししてる気分になるときがあるわよ」

「……すみません」

「まあ、二、三日したら迎えに行きなさいよ。あんたのほうから折れなくちゃ。意地張ってほっぽってたら、だめになるわよ」

あれこれ助言して、すみれさんは帰っていった。そののち通りかかった絢さんは、「若隠居―、香澄ちゃん実家に帰っちゃったんだって？　あっはっは」とさわやかに笑い飛ばしただけで去っていった。

　柊一は香澄さんが出ていって以降、ろくなご飯を食べていない。料理はできるくせに、面倒くさそうにコンビニの弁当やらインスタント食品やらを食べているだけだ。洗濯物だって溜《た》まっているし、掃除も香澄さんのように行き届いていない。私のなかは何となく、精彩《せいさい》を欠いていた。私に柊一の心のなかは見えないが、彼だってさびしいのではないのだろうか。問題なのは、彼自身がそうしたことにまったく気づいていないということだったが。

　柊一はつまらなそうな顔をしながら、椿の図鑑を開いたり、どこかへ電話をかけたり、仕事をしたりしていた。

「ちょっと柊一、あんたなにぐずぐずしてんのよ」

　すみれさんがかりかりして乗りこんできたのは、数日後だ。

「迎えに行けって言ったでしょうが。ぼやぼやしてんじゃないよ」

　迫力美人のすみれさんに低い声で凄《すご》まれると、けっこう怖い。

「はあ、いや、でも」

　数日したら、香澄さんは笙子さんにつれられて、ここにいったん戻ってくるのである。

「でもじゃないわよ、あんた昔っから、来る者拒まず去る者追わずみたいなとこあるけどね、それじゃ大事なひとをとり逃すわよ。さっさと行きなさいよ」

「いや、いろいろこちらにも事情があって――」

「なにが事情よ、もったいぶったってしかたないんだからね。行けないならまず電話をかけなさい、電話を」

すみれさんは柊一を電話台まで引きずっていって、受話器をとる。

「ほら、かけてごらんなさい」

受話器を突きつけられ、柊一はしぶしぶそれを受けとる。すみれさんが見張るなか、しかたなさそうに柊一は電話をかけた。

「――こんにちは、鷲尾さんのお宅ですか？　もしもし？　ああ、香澄さん」

電話に出たのは香澄さんのようだ。心なしか、柊一の声が明るくなった。

「ひさしぶり。うん、元気だよ。香澄さんは？　そう、よかった」

柊一は口を閉じる。会話が途切れたようだった。話すことくらい、なんでもあるだろうに。今日なに食べたとか、そんなことだ。じれったくなる。やがて柊一は口を開いた。

「――ところで、君のおばさんのことで訊きたいことがあるんだけど」

――ん？

「おばさんというか、椿のことだね、例の。おばさんは今日、仕事は休み？　ああ、そう、家にいるんだね。じゃあ訊いてもらいたいんだけど――」

「ちょっと柊一、なにしてんのよ、なにがおばさんよ。もっと香澄ちゃんと話すことあるでしょうが」

私の言いたいことをすみれさんが言ってくれる。

「写真はないんだよね？　じゃあ思い出してもらうしかないな。花の色なんだけどさ、白くて中心が桃色だと言っていたけど、その分量を確認したいんだ」

柊一は、かたわらでわめくすみれさんの声をまるきり無視して話を進める。

「そう。――そう。白いほうが多かったんだね？　うん、わかった」

うっすらと柊一は笑みを浮かべたようだった。

「ちょっとおばさんに代わってくれる？　ああ、どうも」

笙子さんはそばで聞き耳を立てていたのか、すぐに電話を代わったようだ。

彼女に訊きたいことがあるなら最初から代わってもらえばよかったのに――と思い、気づいた。なんだ、柊一は、香澄さんと話したかったのだ。会話が途切れて、ほかに話すことがなくて笙子さんの椿の話題を出したけど、香澄さんと話したかったのだ――と思うのは、私の勝手な憶測だろうか。

「椿をどこで見たか、教えてもらえますか。え？　覚えてない？　ですが――ええ、はい、わかりました」

柊一はいまにもため息をつきそうな顔をしている。短い会話を交わしただけで、柊一は

「ええ。失礼します」と受話器を置いた。また香澄さんに代わってもらえばよかったのに。

笙子さんがそうさせないか。

「ちょ……ちょっと、柊一、香澄ちゃんは？　帰ってくるって言ってたの？」

すみれさんが食ってかかる。

「いや、はあ、どうでしょうね」

「馬鹿じゃないの！　なに他人事《ひとごと》みたいに言ってんのっ」

「すみれさんは、どうしてそんなに他人事で熱心になってるんですか」

「あんたね――」

すみれさんは、つかんでいた柊一の着物の衿《えり》を放す。

「あんたは、他人じゃないわよ。あんたのことだから、熱心にもなるし心配もしてるんでしょうが。あたしだってね、誰彼なしにお節介やくほど博愛《はくあい》主義じゃあないんだからね」

柊一が子供のころから、すみれさんはなにかと気にかけてくれていた。それを思い出したのか、柊一は申し訳なさそうに頭をさげる。

「……すみません」

「馬鹿」

違うでしょ、とすみれさんは柊一の胸をひとさし指で突く。

「ありがとう？」

「そうよ」

柊一は、くすりと笑った。

「あたしはべつに、あんたに自己投影して同情してるわけじゃないのよ。おなじ親戚からの爪《つま》はじき者だってさ」

「わかってます」

「檀はああいうまっすぐな気性だからさ、理不尽なことが許せないんだろうけど、親戚なんざ、ほっときゃいいのよ。爪はじきにしたけりゃ、勝手にはじいてりゃいい」

すみれさんは檀と柊一のいざこざも知っているようだった。檀が相談したのかもしれない。

「あんたが息苦しいなら、あの家に戻る必要はないよ。息ができるところで生きてりゃいいんだ」

柊一は、すみれさんをじっと見た。すみれさんは、赤い唇をつりあげてにっと笑う。柊一も笑い返した。

それですみれさんは気がすんだのか、玄関へと向かう。上がり框《かまち》で足をとめ、柊一をふり返った。

「悪いこと言わないから、香澄ちゃんは大事になさいよ」

建てつけの悪いガラス戸を開けて、すみれさんは帰っていった。しん、と静かになる。

香澄さんが来る前はこんな静けさが当たり前だったのに、いまはそれが妙にこたえた。なんだか物足りない。柊一も、そうだろうか。

日が傾《かたむ》いてきたころ、坂道をあがってくる小柄な影があった。それが誰だかわかったとき、私は驚き、喜んだ。手足があったら、飛びあがっていただろう。屋根や壁を飛ばすわけにもいかないので、私はただじっとしていた。

やってきたのは、香澄さんだった。笙子さんと約束した日にはまだ三日もあるのに、勝手に戻ってきてくれたのだろうか。

香澄さんは門の前に佇《たたず》み、なかに入るかどうか、迷っているようだった。ゆっくりと門のほうに伸ばされた手を、脇からべつの手がつかんだ。

「あんた、戻ってきたのかよ」

檀だった。小春《こはる》を抱きかかえている。檀も長らくなかに入りかねて、小春をつれて家の前でうろうろしていたのを、私は知っている。しまいに小春が飽きて歩かなくなり、抱きかかえるはめになったことも。そこに香澄さんがやってきたのだ。

「いえ、あの――」

「ちょっと」

と、檀は香澄さんの手を引き、門の前に座りこむ。小春を脇におろした。

「なかに入らないんですか？」

「だって俺、このあいだ兄さんを怒らせたから」

入りにくいんだよ、と内緒話をするように、声をひそめて檀は言った。

「あんたさ、兄さんとケンカしたのか？」

「いえ、そういうわけじゃ」

「俺のせい？」

「いえ……」

香澄さんは首をふる。

「だけど、俺が来たあとで、あんた出ていったんだろ。ほんとのこと言えよ」

「はあ、あの……」

檀にじっとにらまれて、香澄さんはたじろぐ。香澄さんがここを出たのは、笙子さんとの約束のせいである。それを言うと檀は『納得させろとか何様だよ』などと怒りだしそうだが。

「……檀さんのせいじゃありません」

しゃがみこんでいる香澄さんは、地面を見つめた。

「なんていうか、柊一さんのことがわからなくなったっていうか……」

ぼそぼそと香澄さんは言った。

「いえ、そもそもなにもわかってなかったし、わかる必要もなかったんですけど」

「なにごちゃごちゃ言ってんだよ」

「わかる必要ないっていうか、そういう約束だったけど、でもわたしはわかりたくなってしまったというか、それはわたしの身勝手な願望で、だからわたしが怒るのは筋違いなんですけど、でも……」

香澄さんはきゅっと膝を抱えた。

「さびしくて」

笙子さんとの約束のことを説明するのが面倒でごちゃごちゃ言ってるのかと思ったが、どうもそれが香澄さんの本音らしかった。

「わたしはただそばにいるだけの人間で、柊一さんにはちっとも必要とされてないいんだなって思えて」

香澄さんはうなだれる。

「……兄さんは誰にでもそうだよ。俺にだってそう」

檀が言った。

「いつでもにこにこ笑ってて、悩みを聞いたこともないし、胸のうちを打ち明けてくれたこともない。——兄さんが養子なのは、知ってるだろ」

香澄さんはうなずいた。

「うちの両親に子供ができなくて、養子をもらったんだ。でも、兄さんが六歳のときに俺がひょっこり生まれてしまった。それで兄さんの立場が微妙になったんだよ」

檀も香澄さんのように膝を抱えこむ。いい歳《とし》をした長身の男がそんな格好をしているのは妙な感じだ。

「俺たちが子供のころから、親戚連中は血のつながってない兄さんに跡を継がせるなだの、遺産をわけるなだの、うるさかったよ。叔父さんたちにこれから遺産が渡るわけでもないのにさ、なんであんなに首突っ込んでくるんだろな」

「……ひとの家のことでもあれこれ口出しせずには気がすまないひとっていうのは、どこにでもいますよ。遺産が自分たちに渡らないからこそ、なおさら赤の他人が得をすることに我慢がならないんでしょう。それは不当で、ずるいことだって」

「不当って」

「そのひとたちにとっては、ってことです」

檀は香澄さんの横顔を見る。

「あんたも、そういうこと言われたのか」

香澄さんは笑った。

「内容は違いますけど。おじさんの遺《のこ》した財産を他人の子のために食いつぶす気か、とか」

『おじさん』の親戚が言ったことだろうか。

「……そういうあんただから、兄さんは結婚したのかな」

檀はぽつりと言った。

「あ、でもひと目惚れって言ってたから違うのか。つか、兄さんがひと目惚れとか、いまだに信じらんないんだけど」

疑わしそうに檀は香澄さんを見る。香澄さんは顔をあさってのほうに向けた。

「べつに絶世の美女ってわけでもないしさ、スタイル抜群てわけでもないし、さしてひと目をひくわけでもないのに、兄さんはなんであんたなんかにひと目惚れしたわけ？」

「……お兄さんに訊いてくれますか」

香澄さん、ムカッとしている。この女性に対するデリカシーのなさ、無頓着さは兄弟、よく似ていると思う。言っておくが、香澄さんはかわいい。檀の好みではないだけだ。

「わたし、もう行きますね」

香澄さんは立ちあがり、門に手をかける。なかに入ることに決めたようだ。

「檀さんは、どうしますか？」

「……今日はやめとく」

檀は気後《きおく》れしたように言って、小春をつれて門から離れた。小春は名残惜《なごりお》しそうに香澄さんのほうを見ている。

「――あの」

香澄さんは立ち去りかけた檀の背中に向かって声をかけた。「なんだよ」と檀はふり返る。

「『生まれてしまった』なんて言いかた、しないほうがいいと思いますよ。ご両親も——柊一さんも悲しくなると思いますから。あなた自身も」

檀は目をみはる。香澄さんはちょっと頭をさげて、「それじゃ」と門のなかに入った。

香澄さんは玄関の前に立ち、呼び鈴を鳴らすのにまたちょっとためらっている。意を決したようにひとさし指を呼び鈴に向けたとき、勢いよくガラス戸が開いた。

「あっ……」

戸を開けたのは柊一だ。ふたりは向かい合っておたがいびっくりしたように固まっていた。

「——玄関に誰かいるのが、ガラスに映ってて」

柊一が驚いた顔をしたまま、言った。

「それが香澄さんみたいに見えたから、まさかと思って。——どうして？　約束まで三日あるのに」

「あの、電話もらって、それで柊一さんがどうしているのか気になって、ちょっと見てこようと……」

香澄さんの声は、どんどん小さくなる。

「おばさんは、知ってるの？」

「いえ、黙って出てきました」

「大丈夫？　心配してるんじゃない？」

「すぐ帰りますから」

そう言うと、柊一は拍子抜けしたような声を出した。

「あ……そうなのか」

香澄さんは柊一を見あげる。柊一はあわてて顔をそらした。

「じゃ、どうぞ。あがって」

「はい」

お邪魔します、と他人行儀に香澄さんは三和土《たたき》を踏む。ここはあなたの家ですよ、と私は言いたい。ただいま、と言ってほしい。

「お茶でも淹れるよ」

と柊一が台所に入ってゆく。そのあとに続いた香澄さんは、隅のゴミ箱のまわりに積まれたコンビニ弁当の容器やら、インスタント食品の容器やらを見て、あんぐりと口を開けた。こうした容器はかさばるのでゴミ箱に入りきらず、あふれているのだ。

「柊一さん、料理してないんですか？　できましたよね？」

「いやあ……できるけど、ひとりぶんを作るのも面倒で。自分のためだけに作っても味気《あじけ》ないし」

「体に悪いですよ」

香澄さんはゴミ袋をとりだし、あふれている容器を片づける。

「手拭きのタオルを交換してない……洗濯はしてます？」

「まだそんなに溜まってないから」

「柊一さん！」

香澄さんは台所を出て脱衣所に向かう。洗濯機がそこにあるのだ。

「溜まってるじゃないですか！」

洗濯カゴを見て香澄さんは非難の声をあげる。洗濯物はあふれてこそいなかったが、カゴいっぱいになっていた。

「明日にでも洗濯しようかなと思ってたんだよ」

「明日は雨ですよ」

「あれ、ほんとに？」

「いまから洗濯して、部屋干ししましょう。明日になったらまた溜まります」

香澄さんは洗濯機の蓋《ふた》を開けて、洗濯物を放りこんでゆく。

「柊一さん、どうしてですか？　わたしと結婚する前はひとりでもちゃんと家事してたんでしょう？」

「うん、まあ、してたね」

柊一は面目なさそうに頭をかいている。

「いや、しようと思ってたんだよ。明日。ゴミも片づけるつもりで」

ほんとうだろうか、と私は思う。このところの柊一はあきらかにやる気がなかった。

「……もう」

あきれたように香澄さんは息をついた。

「とりあえず、家じゅうの掃除をします。それだって、きっとやってないんでしょう?」

「いや、ある程度は」

もごもごと柊一は言う。香澄さんはそれを無視して髪をゴムでまとめると、着ているニットの袖《そで》を捲《まく》りあげた。

納戸《なんど》から箒《ほうき》とちりとりを出してきて畳を掃き、廊下を乾拭《からぶ》きし、さらに水拭きする念の入れようで、しまいに台拭きで棚やら座卓やらをきれいにしていた。私は全身をくまなく拭き清められたようで、とても気持ちがいい。さっぱりした。

ひと仕事終えて香澄さんは汗をぬぐっている。「お茶を淹れるよ」と柊一は台所に急ぐ。掃除を『手伝おうか』と申し出た柊一だったが、『いえ、邪魔しないでください』と言われてしまい、これまで隅《すみ》で小さくなっていたのだ。

香澄さんは台所の椅子《いす》に腰をおろした。洗濯機の回る音がかすかに響いてくる。お茶を淹れる柊一の背中を、香澄さんは見つめていた。柊一がふり返り、香澄さんはあわてて顔を伏せる。

「どうぞ」

柊一が湯呑を置く。湯気が香澄さんの前に立ちのぼった。

「ええと、たしか前にもらったお菓子があったはず……」

戸棚を開けた柊一は、「あった」と栗饅頭《くりまんじゅう》を香澄さんにさしだす。受けとった饅頭を、香澄さんはしげしげと眺めた。

「賞味期限は大丈夫だよ」

「え？」

「あ、いえ、すみません……なんだか、ひさしぶりだなと思って、こういうの」

「柊一さんとお茶を飲むの……」

ああ、と柊一もちょっと照れたように明後日のほうを向いて椅子に座った。

「……あの」

香澄さんは湯呑を両手で挟んで、口を開いた。

「こないだは、すみませんでした」

そう言って香澄さんは頭をさげる。

「こないだって――」

「怒ったりして」

「ああ、いや」

「わたしが怒るのは筋違いですよね。柊一さんの言うとおり、最初からそういう約束だったんですから」

「……」

柊一はお茶を眺めている。

「――僕はね、この家を気に入ってるんだ」

「え？」

「僕が君と結婚しようと思った理由」

「……はあ」

香澄さんは首をかしげる。

「君も知ってのとおり、檀は僕が実家を出てここにひとりで暮らしているのが気に入らない。大学のときは町を出てひとり暮らししていたんだけど、卒業したら僕は実家に戻ってくるものと檀は思っていたんだ。だけど僕は戻らずに、ここに住むことに決めた」

あのときもずいぶんうるさかった、と柊一は言う。

「両親もいい顔はしなかったよ。どうしておなじ町内の隠居屋敷にわざわざ住むんだと。それでやたらと見合いの話を持ってくるようになった。とくに母がね」

柊一は苦笑した。

「ここに来るたびに見合い写真を一ダースは持ってきてたな。両親の選んだ相手と結婚して、あの家で暮らしてほしかったんだよ」

ああ、と香澄さんは合点がいったように声をもらした。

「それで、わたしと結婚したんですか？」

「それが半分」

柊一はお茶を見つめてすこし笑う。

「香澄さんと結婚して、僕がここに腰を据《す》えるつもりなのがわかると、さすがに両親はあきらめてくれたよ。でも、檀は手強《てごわ》いな。納得しない。僕が家を出たのも、家に帰らないのも、僕が養子で、親戚連中がうるさいからだと思っている」

香澄さんは黙って柊一の顔を見ていた。彼の瞳《ひとみ》は、夕闇《ゆうやみ》の青い影と似ている。どこか薄暗い膜《まく》に覆われている。

「檀が生まれたのは僕が六歳のときでね。それはかわいかったよ。小さくて、ふにゃふにゃしていて、いいにおいがしてさ。……僕が養子だと知ったのはちょうどそのころだよ。親戚のなかに、教えてくれたひとがいてね」

香澄さんが、かすかに眉をひそめた。「六歳の子供に」

「僕は檀がかわいかったし、檀も僕によくなついた。なにをするにも僕の真似をして、あとをついてきて――」

柊一はなつかしむように遠くを見た。

「檀さんにとって、小さいころから自慢のお兄さんだったんでしょうね」

想像できる、というように香澄さんは笑う。だが、柊一は笑わなかった。

「自慢の兄が養子だと檀が知ったのは、あいつが中学にあがる年のことだったよ。話したのは両親だ。それまで知らなかったのは、祖父が親戚じゅうに箝口令《かんこうれい》をしいたからでね、僕のときみたいに勝手に耳に入れる輩《やから》が出ないよう。だけど、言われなくとも僕に対する親戚の態度がおかしいのを檀はわかっていたし、なにかしら察してはいたと思う」

あれも賢《かしこ》い子だからね、と言う。それはいくらか柊一の贔屓目《ひいき》のような気もするが。

柊一はテーブルに頬杖をついた。

「……それから檀は、親戚を毛嫌いして、僕になにか厭味《いやみ》を言う叔父さんがいたりすると、いつも食ってかかってたよ。あいつは僕を守ってるつもりなんだ。六歳も下のくせにね」

「……かわいいものですね」

香澄さんは言ったが、柊一はそれにあいづちを打たなかった。ただかすかに笑う。

「守るっていうのはさ、力の強い者が弱い者を、上の者が下の者を、ということだろう。それまで檀は僕の前に出ることなんてなかったよ。僕はあいつにとって絶対的な、完璧な兄だったから」

香澄さんは口を閉じ、まばたきもせずに柊一を眺めている。

「僕が養子だと知って、檀は僕に弱みがあることを知ったんだよ。完璧な兄ではなくなった。だから僕を守らなくてはいけないと思ったんだ」

「それは……やさしさですよね」

香澄さんはどこか息苦しそうに、ぽつりと言った。

「そうだよ。檀は心根のやさしい子だから」

でも、と柊一は悲しげに笑った。

「やさしさであればひとの矜持《きょうじ》を踏みにじっていいと思う？　養子だからって、僕はなにも恥じてはいないし、弱くなってもいない。だけど、あの瞬間から、檀は僕を守らなくてはならない者——自分より劣った者だと見なしたんだ」

「それは」

思わず、といったふうに香澄さんは言った。「……違うんじゃありませんか」

「違うさ」

柊一はあっさりと答えた。

「檀にそんなつもりはない。だけど、そんなつもりはなくても、そういうことなんだよ。誰だって、混じりけのないやさしさだけ抱えているわけじゃないだろう。それを責めたいわけじゃない。だけど、たまらなくなるんだ。——君も言ってただろ、おばさんの願望を知って、心のどこかが冷めた、って」

笙子さんが自分に向けてくれた愛情はたしかなものだと思いながらも、香澄さんは、それが引っかかって、家族に戻れなくなったのだ。

「僕は檀と一緒に暮らすのがつらい。ずっとそばにいたら、きっと傷つけてしまう。いつか、決定的に取り返しのつかないことを言ってしまう。だからあの家には戻れないんだ」

柊一はそう言って、目を伏せた。香澄さんはそんな柊一を、黙ってじっと見ている。

「……君をはじめて見た瞬間、僕は自分と似たものを君に見たのかもしれないな」

柊一はすこし笑った。香澄さんは、テーブルの下できゅっと手を握りしめる。ふたりのあいだに横たわる空気がいつもやわらかくやさしかったのは、おたがいのなかに自分を見出していたからではないだろうか。

「柊一さん――」

香澄さんは何事か言おうと口を開いたが、その声をとどめるように電話が鳴った。香澄さんは口を閉じてしまい、私はがっかりする。タイミングの悪い電話だ。

「君のおばさんだったりしてね」

柊一は電話をとりに台所を出た。「はい、もしもし」と受話器をとった柊一は、相手の声を聞いて「ああ、どうも」とあいさつしている。笙子さんではないらしい。台所から香澄さんが心配そうに顔をのぞかせていた。

「そうですか。ありがとうございます。それじゃあ、いまからうかがいます。ええ、はい」

短いやりとりのあと、柊一は受話器を置いた。

「……お出かけですか？」

台所から顔を出していた香澄さんが訊く。柊一はにこりと笑った。うれしそうだ。

「うん。頼んでいたものが見つかってね。――香澄さん、どうする？　帰るなら駅まで送るよ」

香澄さんはちょっとつまらなそうに目をそらし、また戻した。

「洗濯物を干さなくちゃいけませんから、それが終わったら――あの、お帰りは遅いんですか？」

「隣町に行くだけだから、そう遅くはならないよ」

「じゃあ、待っていてもかまいませんか」

柊一は一瞬黙り、目をしばたたいた。「いいの？」

「はい、あの、ご飯も作っておきます」

「ほんと？　うれしいな」

柊一は、さきほどよりもっとうれしそうな笑顔になった。

「それなら、せっかくだから一緒に食べよう」

「……はい！」

香澄さんの顔もぱっと明るくなった。

柊一が出かけていって、香澄さんは洗濯物を干しにかかる。座敷の長押《なげし》には次々にハンガーがかけられていった。手早くそれを終えると、香澄さんは台所に走る。ああ、そうだ。この、家のなかをせわしなく動き回る香澄さんの足音がここ数日聞こえなかったから、とてもさびしかったのだ。彼女が嫁《とつ》いでくるまでは静かなのが当たり前だったのに、不思議なものである。

香澄さんは冷蔵庫を開けて、中身を確認している。

「うーん、お肉もお魚もないなあ……買いに行ってると遅くなっちゃうし」

ぶつぶつ言って脇にある小さな棚の抽斗《ひきだし》を開ける。冷蔵庫に入れない野菜や缶詰が保存してある棚だ。

「じゃがいもと玉ねぎと……こういうときはツナ缶だよね。あ、オイルサーディンもある」

よしよし、と言って香澄さんはエプロンをつけた。しばらくすると包丁で野菜を切る小気味よい音が響きはじめる。香澄さんは楽しそうに玉ねぎを切っていた。

鍋のなかで肉じゃがならぬツナじゃががいい具合に煮え、オーブントースターからはオイルサーディンとにんにくの焼けるにおいがただよいだしたとき、玄関の呼び鈴が鳴った。

「柊一さんかな……？」

どうして呼び鈴を鳴らすのだろう、という不思議そうな顔をしながら、香澄さんは玄関へと走った。――私はよっぽど、玄関の戸に力を入れて開けなくしてしまおうかと思った。できないが。

そこに立っているのが、招かれざる客だからである。

ガラス戸に映るひと影に、香澄さんははっとなった。三和土におりると、そろそろと手を伸ばし、戸を開ける。数か月で香澄さんはこの建てつけの悪い戸の開けかたをすっかり会得《えとく》していた。

「わたしは約束を破られるのは嫌いなのよ。知っているでしょう」

開けたとたん、そこにいた女性は言った。

「……おばさん」

香澄さんは叱られた子供の顔で彼女を――笙子さんを見あげた。

香澄さんは台所に急いで戻ると、鍋の火をとめ、オーブントースターの電源を切った。チン、と音が鳴る。

「お茶はけっこうよ」

廊下から笙子さんが言う。彼女は台所を素通りして、さっさと座敷のほうへと歩いていった。そのあとを香澄さんがあわてて追う。

「あのひと、柊一さんていったかしら、いないの?」

「いま出かけてるんです」

座敷に入った笙子さんは、足をとめる。長押にずらりと洗濯物が吊りさがった光景が広がっていた。

「あっ……おばさん、縁側に行きましょう」

香澄さんは縁側に座布団を出す。ふたりはそこに腰をおろした。縁側には暮れなずむ陽《ひ》の黄金色の光がさしこんでいる。空はあくびが出そうなほどやわらかな茜《あかね》色だ。

「あの、おばさん。約束を破ったわけじゃないんです。ちょっと様子を見にきただけで」

「ちょっと様子を見にきただけで洗濯物を干して夕飯まで作ってあげたのね」

「……」

「わたしにどこへ行くとも告げずにね」

「……ごめんなさい。すぐ帰るつもりだったんですけど」

笙子さんは香澄さんのほうへ顔を向けた。怒っている。

「心配するでしょう。また、どこかへいなくなったのかと思ったわ」

そう言って、笙子さんは顔を背《そむ》けた。香澄さんはうつむく。

「ごめんなさい……」

ふたりのあいだに沈黙が落ちる。黙ったまま、笙子さんも香澄さんも、庭の椿を眺めていた。ふつっ、と椿が落ちる。

「今年も梅《うめ》の花がたくさん咲いたのよ」

笙子さんが口を開いた。

「あなたがいないうちに、みんな散ってしまったけど」

香澄さんは申し訳なさそうにうつむいたままだ。

「夏前になったら梅の実も漬けごろになるわ。梅酒作り、あなたも手伝ってちょうだいね」

おそらく毎年やっていることなのだろう。香澄さんは、椿の木を梅の木であるかのようになつかしげに眺めていた。

「去年は収穫が遅れてしまったんですよね。梅雨《つゆ》に入ってしまって」

「晶紀が面倒がって、採るのをなかなか手伝ってくれなかったからよ。そうこうしているうちに、熟して落ちてしまったのがずいぶんあったわ。晶紀はいつもそう、無精者《ぶしょうもの》なんだから。『梅酒ぐらい買えばいい』ですって」

「無精者というより、合理主義なんでしょう、晶お兄ちゃんは」

香澄さんは笑う。笙子さんはそんな香澄さんを見やり、また椿に目を戻した。

「――あなたは結局、なにが我慢ならなかったの?」

え、と香澄さんは笙子さんのほうを向く。

「晶紀との結婚ではないんでしょう。どうしても折り合いのつかないことがあるから、出ていったんでしょう。違う?」

笙子さんは、癖なのだろう、畳みかけるような、逃げ道をぜんぶ断ってしまうような問いつめかたをする。問いつめられるほうは、たまったものではないと思うのだが。

「……」

香澄さんはためらうように黙り、それからなにか言おうとしたが、そのまえに笙子さんが言葉を重ねた。

「それだったら、不満に思うことを言ってしまえばいいのよ。晶紀との結婚をすすめたときも、あなた、晶紀と結婚はしない、家を出る、ってそんな結論ばかり言って、出ていってしまったじゃない。思ったことはなんでも言えばいいじゃないの、家族なんだから」

言いつのる笙子さんに、香澄さんは悲しげな顔をしていた。

「……おばさんは、昔買った万年筆、いまも持ってますか？」

香澄さんはそんなことを言った。脈絡のない問いに、笙子さんはけげんそうな顔をするが、答える。

「あの黒と白のデザインの？　ええ、持ってるわ。気に入ってるもの」

「コーヒーメーカーでも手帳でも、おばさんは気に入ったものを見つけると、それをずっと使ってるでしょう。手入れして、修理して、手放さない……」

「それがどうかしたの」

「わたしもそれに似てるな、と思ったんです」

笙子さんは眉をひそめる。「どういう意味なの？」

「大事に手入れされた、おばさんのお気に入り――」

「香澄」

笙子さんはぎょっとしたように目をみはっていた。

「なにを言ってるの。それは、わたしは――」

おばさん、と香澄さんは笙子さんを見つめた。

「わたしはおばさんのもとから離れては、いけませんか？　ずっとおばさんのそばにいないといけないの？」

笙子さんは口をつぐんだ。香澄さんは足もとに目を落とす。

「育ててもらったことには、どう感謝してもしきれません。だけどわたしはもう、出ていかないといけないと思ったんです」

香澄さんの声は小さかったが、決然としていた。

「香澄……」

笙子さんがふたたび口を開いたとき、門を開ける音がした。

香澄さんが腰をあげる。入ってきたのは、柊一だ。柊一は縁側にいるふたりに気づくと、目を丸くした。

「ああ……どうも、こんにちは」

笙子さんはひそやかに息を吐き、気をとり直すようにぐっと顔をあげて柊一を見すえた。

「お邪魔してますよ。香澄に留守番させて、どちらへ――」

笙子さんのとげのある声が途切れる。彼女の目は柊一の抱えたものに釘づけになっていた。

「柊一さん、それは？」

香澄さんが尋ねる。柊一はほほえむ。彼が抱えているのは、鉢植えだ。柊一は縁側に歩みよると、香澄さんと笙子さんのあいだにそれを置いた。

鉢植えには、中心が桃色をした白い花が咲いていた。波打つ花弁が重なっていて、はつらつとした、若々しい華やぎを感じる花だ。葉はつややかで緑が濃い。私も伊達《だて》に椿屋敷《つばきやしき》と呼ばれているわけではない、これが何の花だかはわかる――椿だ。変わった花ぶりだが、これは椿だ。

「柊一さん、この花って、もしかして……」

「うん」

柊一は香澄さんの隣に腰をおろした。

「椿だよ。頼まれていた椿だ」

「これが――」

香澄さんは笙子さんのほうを見やる。笙子さんは、呆然とした顔で椿を見つめていた。

その顔を見れば、訊かずともわかる。

「これが、おばさんのさがしていた椿なんですね」

笙子さんは椿を凝視したまま、小さくうなずいた。それからつぶやく。

「どうして」

「椿愛好家の伝手《つて》を頼って、さがしました。椿の品種にいくつか目星はついていたんですが、今日の電話で花の特徴を確認して、これだと思いました。これを育てているひとが隣町にいてくれてよかった。すぐとりに行けましたからね」

柊一はほほえむ。

「これは日本の椿じゃありません。アメリカ産です。あなたはこれを、ご主人とのアメリカ旅行のときに見たんでしょう――だから思い出の椿だったんですね」

笙子さんが夫と唯一ゆっくりできたという、新婚旅行だ。

「名前は〈ルック・アウェイ〉。日本から欧米へ輸出された椿に〈光源氏《ひかるげんじ》〉というものがあるんですが、これはその品種から生まれたものです。白覆輪《しろふくりん》の牡丹《ぼたん》咲き。〈光源氏〉とよく似てますが、こちらのほうが覆輪の幅が広くて、めずらしいんです。外国では、日本でポピュラーな一重の椿より、こういう華やかな牡丹咲きや八重咲きが好まれます」

柊一は笙子さんに笑顔を向ける。

「あなたはこの椿を、どこで見たのだか教えてくれませんでしたね。忘れたと言って」

笙子さんは顔を背けた。情報を隠すのはフェアではない。

「でも花についてはちゃんと教えてくれましたし――覆輪の幅が重要だったんですよ――新婚旅行先がアメリカというのは香澄さんから聞いていましたから、特定できました。――どうぞ、お持ち帰りください」

柊一は手でどうぞ、と示す。笙子さんはじっと花を見おろした。

ふっ、とかすかに息をついて、ゆっくりと口を開く。

「……道に迷ったさきで、見つけたのよ。片田舎《いなか》のレストランの敷地に植えられていたの。けっこう大きな木だったわ。椿ってあんなに大きくなるのね。わたしは椿だとはわからなくて、だってアメリカに椿があると思わないし、夫がね、『これは椿だよ』って言ったのよ。葉がね、椿だって。夫がお店のひとに頼んで、ひと枝もらったわ」

笙子さんは目を閉じた。思い出しているのだろう。目を開けて、ふっと笑みを浮かべた。

「あとにもさきにも、夫から花をもらったのはそれきり。病気になって入院して、さきが長くないって知ってから、夫はそれを気に病んでいたのよね。べつに花なんてどうでもいいのに……。あの椿をわたしは覚えているから」

なつかしさと、さびしさと、愛《いと》おしさと、そんなものが綯《な》い交《ま》ぜになったようなほほえみで、笙子さんは椿を眺めていた。花びらにそっと触れる。

「椿をくれたときの夫の顔が浮かんでくるわ。――わたしの一番大事な思い出よ」

笙子さんは柊一のほうに顔を向ける。

「ありがとう」

そう言って、笑った。

「見つかるとは思っていなかったわ。品種の名前も知らなかったものだから、さがしようもなくってね。わたしの記憶のなかにあるから、べつにそれでいいとも思っていたけれど……」

笙子さんは椿を見つめて、目を細める。

「こうして目の前にすると、やはりいいものね。――この椿、庭に植え替えることはできるのかしら」

「できますよ。なんなら、僕が植えつけにいきましょうか」

「サービスがいいのね。助かるわ」

などと会話するふたりを、香澄さんはじっと見守っている。笙子さんがそちらに目を向けると、香澄さんははっと背筋を伸ばした。

「香澄」

「はい」

「約束ですからね。ふたりの結婚は認めましょう」

不承不承《ふしょうぶしょう》、という感じで笙子さんはため息をつき、それからすこし笑った。さびしげで、だがそれに耐えることに決めた、あきらめの笑みだった。

「電話で声を聞いたら、たまらず帰ってきてしまうくらいなんですものね。どうにもならないわ」

香澄さんの顔が赤くなる。

「それは――」

「たしかに、あなたはわたしのお気に入りよ。だから手放したくなかった。エゴだと言われてもしかたないけど、それは悪いことなのかしら。だってあなたを愛しているのよ」

最後のほうの言葉を、笙子さんは自問するようにつぶやいた。香澄さんは答えない。笙子さんは香澄さんから目をそらし、鉢植えを見おろした。

「わかってるわ、子離れしろというんでしょ。薄情だこと」

「おばさん……」

笙子さんは鉢を撫でる。

「あなたの代わりに、この鉢植えを持って帰るわ」

それでいいでしょう、と言う。

香澄さんは居ずまいをただすと、縁側に手をつき、頭をさげた。

「これまでわたしを育ててくれて、ありがとうございました」

縁側についた指は、震えていた。彼女が笙子さんに打ち明けたのは、本心のほんの上澄《うわず》みだったろう。香澄さんはきっと、家を出たほんとうの理由を——世界が反転するような失望を、口にすることは一生ないのだろう。胸にしまうことで、大事なものを守っている。たとえ、それが別離を意味していても。

笙子さんは、香澄さんの頭を黙ってただ眺めていたが、ふいに顔を背けて立ちあがる。

「まったく、どうして晶紀じゃダメだったのかしらね。あの子じゃ男の魅力に欠けていたのかしら」

彼女らしくない、妙に明るい声で言う。それが鼻声だったので、香澄さんも察したようだった。なにも言わず、笙子さんの背中を見つめている。

「——それはすみませんね、母さん」

そんな声が割って入った。

とうの晶紀氏の声だ。彼はいつのまにか庭の隅に立っていた。晶お兄ちゃん、と香澄さんが腰をあげる。彼は片手に旅行鞄をさげていた。あれは香澄さんのものだ。

笙子さんが目もとをぬぐってから、平然とした顔でふり返る。

「あら、どうしたの」

「どうしたのじゃないでしょう。『香澄がまたいなくなった』なんて電話を寄越すから、仕事を切りあげて家に帰ったんですよ。どうせここだろうと思ったけど——」

晶紀氏は香澄さんのもとに歩みより、鞄を渡す。

「これ、どうして……」と香澄さんは戸惑っている。

「こっちに戻ることになったんだろう？　そうなるだろうと思って、持ってきた。おまえの荷物」

「『そうなるだろう』なんて冷静に取り澄まして、いやな子ね」笙子さんは顔をしかめる。

「わたしばかり必死になってこの子を取り戻そうとして、馬鹿みたい」

「必死になればなるほど、逆効果ですよ、母さん」

「なんですって？」

「こういうことは、反対すればするほど、かえって燃えあがるものでしょう。北風と太陽ですよ」

笙子さんは口を閉じ、香澄さんと柊一を見比べた。それから自分の息子を見やる。

「太陽ねえ……おまえは気が長いのね」とあきれたように言ったあと、しばし考えるように空を見つめた。

「──でも、そうね。香澄はまだ十九ですものね。離婚して出戻ってきても、きっとまだ若いわ」

「り……離婚？」香澄さんが声をあげる。

笙子さんは上機嫌の顔で、にっこりと笑った。

「なにかつらいことがあれば、いつでも戻ってきていいのよ。うちがあなたの実家なんですからね」

「そんなことがないよう、努めます」

柊一が笑顔でそう返した。笙子さんはぴくりと眉をよせる。

「……そろそろ失礼するわ。お邪魔したわね」

「椿はどうします？　日曜にでも植えつけに行きましょうか。それまでお預かりしますか？」

「そうね、そうしてちょうだい」

じゃあね、と香澄さんに言って、笙子さんは門に向かう。晶紀氏はそのあとに続こうとして足をとめ、ふたたび香澄さんのもとに近づいてくる。

「昨日おまえが着ていた服や下着は、まだ干したままなんだ。必要だろう？　明日にでも持ってきてやるから」

下着？　と柊一が小さくつぶやいて笑みをひきつらせた。

「わざわざ来てもらうのは悪いから、わたしが取りに行くわ」

「仕事帰りに寄るだけだから、気にするな。ほかになにか、おまえの部屋から持ってきてほしいものはあるか？　ほとんど置いてきたままだろう」

「大事なものは持ってきたから。あ、でも置いたままなんて邪魔だよね」

「いや。おまえのものがなくなったら、母さんがさびしがるだろうし。——ときどきは、顔を見せてやってくれ」

「……うん」

晶紀氏はちょっと笑って、背を向けた。門を出ると、生け垣のそばにとめてあった車に笙子さんともども乗りこみ、去ってゆく。門のところまで追いかけていった香澄さんは、遠ざかる車をしきりに目をしばたたいて見送っていた。

「ほんとうに、よかったの？　僕のところに残って」

柊一が香澄さんの隣に立って、尋ねる。よけいなことを訊かずとも、帰ってきてくれたのだからいいではないか、と私は思う。

香澄さんは柊一を見あげる。

「……はい」

それから、うつむいた。

「柊一さんは、迷惑ですか？」

「いいや。うれしいよ」

え、と香澄さんは顔をあげる。ほほえみを浮かべた柊一とまともに目が合って、香澄さんの顔はたちまち赤くなった。

「お腹《なか》減ったなあ。冷蔵庫、なにもなかったんじゃない？」

「あるもので作りました。お口に合うかどうか、わかりませんけど」

「香澄さんの作るものならぜんぶ口に合うよ」

香澄さんの顔がますます赤くなるのにも気づかず、柊一は玄関の戸を開け、なかへと入った。香澄さんも足を踏み入れる。ふたりがそろって、私はようやく落ち着いた。香澄さんが小走りに廊下を行く足音、ご飯のにおい。こうでないと。

香澄さんと柊一は、たわいない会話をしながらご飯の準備をしている。私は満足した気分で、それを見守っていた。


縁側にすみれさんと絢さんが座っている。今日はよく晴れて、あたたかい。いよいよ春本番という感じだ。ふたりが座るそばには日本酒の一升瓶《いっしょうびん》とかまぼこに梅肉《ばいにく》を挟んだおつまみ、薄焼き卵で巻いた太巻きにいなり寿司《ずし》、といったものが並んでいる。おつまみと太巻きは香澄さんが作ったもので、いなり寿司はすみれさんの手製だ。

香澄さんが戻ってきた祝いをしよう、ついでに椿の花見も、とすみれさんが言いだして、こんな様子になった。お酒を持ってきたのもすみれさんである。花見と言いつつ、ふたりともすこしも椿を愛《め》でてはいない。

「あんまり飲み過ぎないでくださいよ」

柊一が皿を手にやってくる。皿にのっているのは豚肉のじゃこ巻きだ。ちりめんじゃこと、長ネギやにんにく、生姜《しょうが》をみじん切りにして豚肉で巻いて焼いたものである。香澄さんがいましがた作っていたものだ。

「うわー、いいにおい」

　絢さんが皿を受けとる。絢さんもすみれさんもすでに飲み過ぎているが、顔色がまったく変わっていないから恐ろしい。檀だったら真っ赤になってつぶれているだろう。と思っていたら、その檀がやってきた。小春も一緒だ。庭に入ってこようとして、絢さんに気づき、あわてて玄関のほうに引き返す。絢さんがすばやく立ちあがり、檀のもとへと近づいた。

「逃げなくてもいいじゃん、檀。小春もひさしぶり」

　うしろから絢さんに羽交《はが》い絞《じ》めにされて、檀は青くなっている。

「離れろよ、酒くさい！　俺は兄さんたちに用があって――」

「どうしたんだ？」

　柊一がふたりのそばにやってきて、さらに玄関の戸が開き、香澄さんが顔を出した。

「これ」

と、檀は絢さんの腕をふりほどくと、抱えていた風呂敷包みを柊一にさしだす。

「すみれさんがここで花見するようだから、持ってけって、母さんが。竜田《たつた》揚げと、れんこんのきんぴら」

「いいねえ、おいしそう」

脇から絢さんが風呂敷包みをさらってゆく。彼女は鼻歌まじりに縁側へと戻り、さっそく風呂敷を広げていた。

「それから、これ」

檀は紙袋を香澄さんに向かってさしだす。千鳥屋《ちどりや》の袋だ。どらやきだろうか。「わたしに？」と香澄さんは不思議そうにしている。

「お詫《わ》びっていうか……この前は、言い過ぎたかなって思ったし……」

ぼそぼそと檀は言う。彼が柊一と言い争いをしたときのことを指しているのだろう。

「気にしてませんよ。でも、ありがとうございます」

香澄さんは笑って受けとる。檀は柊一に向き直った。

「兄さんも、このあいだは、ごめん。俺ひとりで突っ走ろうとして」

檀は神妙な顔をしている。柊一は笑った。

「いや、おまえが僕のことを想ってやってくれてるのは知ってるから」

柊一の、檀に対する複雑な愛情と憎しみは、その笑顔や声からはうかがい知ることができない。きっと彼も一生、しまいこんだままでいるのだろう。

柊一はすみれさんたちのほうをふり返る。

「おまえも一緒に食べないか？　香澄さんがいろいろ作ってくれたんだ」

檀はぶんぶんと首をふった。「絢に酒飲まされるからいやだ」そう言って檀はきびすを返し、門を出ていこうとする。

ふと檀は足をとめ、ふり向いた。

「兄さんたち、前より夫婦っぽく見えるよ」

じゃ、と手をあげて檀は帰っていった。小春のしっぽが揺れている。

「……だって。よかったね」

柊一は香澄さんに笑いかける。「そうですね」と香澄さんも笑った。

「これからもよろしくお願いします」

香澄さんは頭をさげる。

「こちらこそ」

柊一も頭をさげた。香澄さんは顔をあげて、どらやきの紙袋を胸に抱いた。

「わたし、柊一さんと出会えてよかったです」

はにかんだように、香澄さんは笑う。私に心臓があったなら、きっと『きゅん』ときていたであろう笑顔だった。

香澄さんはくるりと背を向けて、玄関のなかに入る。ガラス戸が閉められた。

柊一は閉じた戸を見つめて突っ立っている。「若隠居ー」と絢さんが呼ぶ声に、柊一は一拍置いて、「はい」と返事をして縁側に向かった。

呆然と突っ立っていた柊一が、うろたえたように顔をほんのりと赤くしていたことは、たぶん、私だけが知っている。

すみれ荘にて

家にも男と女があるのをご存じでしょうか。

わたしの名前はすみれ荘。二階建ての木造アパートです。そう新しい建物ではありませんが、椿屋敷《つばきやしき》ほど古くはありません。クリーム色のモルタル壁に、臙脂《えんじ》色のドア。何度か改装しましたが、かわいらしい外観は当時のままです。名前がすみれ荘になったのは、敷地にすみれが咲き乱れているから、というわけではなく、わたしを建てた大地主さんが、なんとなくそう名づけたからです。いつごろだったか忘れましたが、住人の誰かが庭にすみれを植えてくれて、以来、名前どおりすみれの咲くアパートになりました。

一階の角部屋には、大家さんが住んでいます。名前はすみれさん。大地主さんの孫だったか、曾孫《ひまご》だったか、忘れました。本名ではありません。わたしのことを気に入って、十代のころから実家を出て大家をやっています。十代のころといまでは、名前も見た目もずいぶん変わりました。

「絢《あや》ー、起きてる？」

すみれさんは部屋を出て、隣のドアをたたきました。

「起きてますよ」

ドアを開けて顔を出したのは、絢さんです。二か月ほど前からここに住みはじめた女性で、同時にすみれさんのお店で働いてもいます。

「豚の角煮、いらない？　ひとりで食べるには多いもんだから」

すみれさんが器をさしだすと、絢さんの顔はぱっと輝きました。

「うわー、おいしそう。ありがとうございます」

「食べ物を前にすると、あんたって子供みたいな顔になるわよねえ」

　絢さんは現在二十二歳ですが、ふだんはそれより上に見えます。ですが、いまのような顔をしていると、二十歳《はたち》前の少年のようです。白いシャツに黒いベストというお店での格好をすると青年に見えますし、やわらかなニットを着ているときれいなお姉さんにしか見えません。絢さんは、ちょっと不思議なひとでした。

「すみれさん」

　と、門のほうから青年の声がしました。門といっても石の門柱が左右に立っているだけのものですが。門柱には『すみれ荘』と書かれた看板がとりつけられています。その門から、風呂敷包みをさげたひとりの青年が入ってきました。すみれさんはふり返り、軽く手をあげます。

「あら、檀《まゆみ》。おはよう」

　すみれさんの甥《おい》の、檀くんです。二十歳の大学生です。

「もうお昼だよ」と檀くんはそっけなく言います。彼は愛敬《あいきょう》という言葉から最も遠い場所にいる子です。

「これ、母さんが持ってけって」

檀くんは風呂敷包みをさしだします。包みの形からして、中身はお重でしょう。

「また義姉《ねえ》さんの手料理？　あんたも毎回使いっぱしりさせられて、たいへんね」

檀くんのご母堂《ぼどう》は料理好きなようで、ときどきこうしてすみれさんに手料理を届けるのです。

「べつに――」言いかけた檀くんは、すみれさんのかたわらに立っている絢さんに気づいて、ちょっと驚いたようでした。誰？　というようにすみれさんを見ます。そういえば、絢さんが越してきて、檀くんと顔を合わせるのはこれがはじめてです。

「この子は絢。ちょっと前からうちの店で働いてくれてるのよ。あんたよりひとつかふたつ、上だったかしらね。――絢、これ、あたしの甥っ子ね。檀っていうの」

「こんにちは」

絢さんは笑ってあいさつをしましたが、檀くんは固まっています。こころなしか、頰《ほお》が赤いようです。

「ど――どうも」

われに返ったように檀くんはあわてて頭をさげました。すみれさんがにやにやとひとの悪い顔で笑っています。

「檀は昔から年上の女に弱いのよねえ。それも尻《しり》に敷いてくれそうなキレイ系」

「な……なに言ってんだよ」

檀くんはあからさまにうろたえているので、すみれさんはますます楽しそうな笑みを浮かべます。

「だってあんた、子供のころからそうじゃない。ほら、初恋もそうだったし」

「それはっ……」

檀くんの顔が赤くなります。彼は男前と呼ぶのがよく似合う精悍《せいかん》な顔立ちの青年なのに、まだ少年っぽさが抜けきらないところがあります。

「かわいいでしょ？　この子」

すみれさんが言い、絢さんは「あはは」とさわやかに笑いました。檀くんはすみれさんを恨めしげににらんでいます。

「……男にかわいいとか言うなよ……」

「そういうこと言うところがねえ」

すみれさんは檀くんの頭をぐしゃぐしゃと撫《な》でます。

「ちょ、ちょっと俺これから大学……！」

「あんたは髪ぼさぼさでもかっこいいから大丈夫よ。むしろ女の子がこぞって櫛《くし》貸してくれるわよ」

勝手なことを言うすみれさんの手から逃《のが》れて、檀くんは怒ったような顔で門に向かいます。「気が向いたら店に来なさいよ、絢もいるから」とすみれさんが言うのを、檀くんはちらりとふり向いただけで無視すると、去ってゆきました。

それから檀くんは、たびたびここにやってきました。ご母堂の作る料理を引っさげて、すみれさんのもとへ来たかと思うと、隣の部屋のドアをちらちらと気にします。すみれさんが気を利《き》かせて——というより面白がって——絢さんを呼ぶと、檀くんの顔は赤くなります。中学生男子のようです。

ある日、いつものように風呂敷包みを抱《かか》えてやってきた檀くんが呼《よ》び鈴《りん》を押しましたが、応答はありません。それもそのはず、すみれさんは留守だからです。

二度、呼び鈴を押してしばし待った檀くんは、留守か、とつぶやいてきびすを返そうとしました。そのとき隣のドアが開いて、絢さんが顔を出しました。

「すみれさん、買い物に行ってて留守だよ」

「あ……ああ、そうですか」

檀くんは見るからに動揺してかしこまりましたが、絢さんの視線は彼の足もとに向けられました。

「今日は小春《こはる》も一緒なんだね」

そこには柴犬がちょこんとおすわりしていました。絢さんが身をかがめると、小春はしっぽをゆるくふって近づき、喜んで彼女に撫でられます。ひとなつこい犬です。檀くんはちょっとうらやましそうにその様子を眺めていました。

「荷物、預かっておこうか？　また手料理？」

「あ、はい。今日は焼き菓子で」

　さしだされた絢さんの白い手に、檀くんは礼を言って、そうっと風呂敷包みをのせました。

「焼き菓子って何の？」

「え……、すみません、わからないです。名前が」

「ああ、ややこしい名前なわけね」

　風呂敷包みを渡してしまうと、檀くんは押し黙《だま》り——たぶん、なにを話していいのかわからないのでしょう——間の抜けた沈黙《ちんもく》が落ちました。

「じゃ……じゃあ、これで」

「あ、ちょっと」

　間が持たずに立ち去りかけた檀くんを、絢さんが呼びとめます。

「コーヒーでも淹《い》れるから、あがっていきなよ」

「え……」

　檀くんはうろたえています。

「ここ動物オッケーだから小春も大丈夫だし」

「いや、でも——」

「悪いこと言わないから、そうしたほうがいいよ。雨になるから」

「雨？」

檀くんは頭上を見あげました。花曇《ぐも》りの空は薄灰《うすはい》色に霞《かす》んでいます。

「曇ってるけど、雨が降るかは……」

「降るよ。においがするもん。あたし、昔から雨が降るときってわかるんだ」

たしかに、空気は湿り気を帯びていました。わたしも雨には敏感です。辺りがしっとりとした水のにおいに満ちると、それは雨の降る合図です。空気中の水分はぐんぐんと天にのぼっていって、雲に吸いこまれて、やがてスポンジから水が滴《したた》るようにして、雨粒が落ちてくるのでした。

「さ、入って」

ドアを大きく開けた絢さんにうながされ、檀くんはそろそろと足を踏み入れました。

部屋は、四畳《じょう》半のキッチンと、奥の六畳間とに分かれています。広いわけではありませんが、清潔できれいな部屋です。絢さんは持ち物がすくないので、そっけないくらいに片づいています。

檀くんは落ち着かない様子で椅子《いす》に腰をおろしました。小春も足を拭いてもらい、檀くんのかたわらで伏せをしています。檀くんは絢さんがコーヒーを淹れるのを、黙って待っていました。

　ほどなくして、絢さんの言ったとおり、細《こま》かな雨が降りだしました。

　静かにけぶる窓の外を眺めて、檀くんは「ほんとに降ってきた」と感心したようにつぶやいています。

「すぐにあがるよ、こういう雨は」

「……なんでわかるんですか？　そういうの」

　不思議そうに訊《き》く檀くんに、絢さんは向かいで頬杖をついて笑います。

「わかるでしょ。逆になんでわからないのかなあって思うよ」

「……はあ……」

　檀くんはコーヒーの湯気に目をしばたたかせながら、マグカップのなかを見つめていました。

「あのさ、あたしのほうが年上っていったって、二歳かそこらでしょ。あんまりかしこまらないで、ふつうにしてよ」

　そう言われて、檀くんは困ったように視線をうろうろさせて、コーヒーに口をつけます。

　そんな檀くんに、絢さんはなにか思い出したように笑いかけました。

「そうだ。檀くん、三か月前に彼女にふられたんだって？」

　檀くんは飲んでいたコーヒーを噴きそうになり、むせていました。

「なっ……なんで……っ、あ、すみれさんか！」

檀くんは壁越しに隣の部屋をにらみます。

「店で飲んだくれたんだってね。でも最近元気になったみたいって、すみれさんが喜んでたよ」

「……」

檀くんの顔が赤くなります。

「社会人だったんだって？　彼女」

「……大学の先輩で……さきに卒業したから……」

ぼそぼそと檀くんはしゃべりました。社会人になった彼女とは、生活時間がずれてしまって、すれ違いが多くなった結果、だめになったそうです。多くの住人を見てきたわたしは、よくあることだとうなずきたくなりました。

「ま、そういうこともあるよね」

絢さんはさわやかに笑い飛ばして、つられたように檀くんもちょっと笑いました。絢さんの爽快《そうかい》な笑顔は、なんでもたいしたことのないように洗い流してゆくようで、不思議です。

この時点で檀くんはほのかな好意を絢さんに抱《いだ》いていたのでしょうし、そのまま行けばそれはほほえましい恋に変わっていたのかもしれません。しかし――。

ある日、そんな想いは無残《むざん》に砕け散ってしまったのです……。

その夜、わたしはうとうとしはじめたところでした。家も夜になると寝るのです。門のほうから誰かがやってくる物音がして、はっとしました。

「もうちょっとだから、ほら、がんばって」

「うう……」

絢さんと檀くんの声です。夜更けの暗闇《くらやみ》のなか、絢さんが檀くんを支えながら歩いてくるのがぼんやりとわかりました。

どうも、足どりからして檀くんは酔っぱらっているようです。絢さんがつれてきているということは、すみれさんの店で飲んでいたのでしょうか。

鍵を開けて、絢さんは千鳥足《ちどりあし》の檀くんをなんとか部屋にあげました。檀くんは六畳間の畳《たたみ》に寝転がり、膝《ひざ》を抱えています。

「檀くん、ほら、水飲んで」

「うう……」

檀くんはうめくばかりで、起きあがろうとしません。

「水飲んどかないと明日つらいよ。ほら、ちょっと泣きやんで」

うめいているとばかり思っていたら、泣いていたようです。絢さんに抱き起こされて、檀くんはぐすぐすと鼻をすすっていました。いったい、なにがあったのでしょう。

「泣き上戸《じょうご》だよねえ。まあ、泣いてすっきりするんならいいけどさあ」

「……俺はもうだめだ……」

「はいはい、彼女に実は二股ずっとかけられてたって知っただけじゃん、過去のことじゃん、大丈夫」

あらまあ、二股。ふられたという彼女のことでしょうか。それはひどい。

「やっぱり俺はだめなんだ。いつも二番目なんだ。結局みんな兄さんが一番なんだよ」

「兄さん？　なんの話をしてんの？」

酔っているせいで、話が飛んでいるようです。檀くんは膝に顔をうずめています。絢さんはその肩を揺すりました。

「ほら、水飲みなって」

「小学校のときのエミちゃんも……中学校のときの彩夏《あやか》ちゃんも……高校のときの未穂《みほ》ちゃんも、最初は俺が好きとか言ってたくせに、いつのまにか兄さんを好きになってるんだ」

「兄さんって、あれだっけ、椿屋敷の若隠居」

柊一《しゅういち》くんのことです。ときおりすみれさんを訪ねて、ここにも来ます。どことなく老成《ろうせい》した佇《たたず》まいの、つかみどころのない青年です。檀くんと違って物腰やわらかな、ひとの話を、目線を合わせてやさしく聞いてくれそうな雰囲気のひとでもあります。

　涙混じりの檀くんの声は、まだ細々と言葉を紡《つむ》いでいます。

「家政婦の知恵《ちえ》さんも、運転手の室山《むろやま》さんも、庭師の武三《たけぞう》さんも、みんな俺のことも兄さんのことももおなじくらい好きだって言うけど、ほんとうはちょっとだけ兄さんのほうが好きなんだ。ちょっとだけ、だけど、俺はいつもちょっとだけ多いほうにはならない」

　檀くんは両腕で膝をぎゅっと抱きしめました。

「父さんだって……母さんだって……」

　どうも、檀くんの嘆《なげ》きの根っこはなかなかに深そうです。

「檀くんって、兄さん大好きじゃなかったっけ？」

「好きだよ！」檀くんはばっと顔をあげて言いました。そしてすぐに目を伏せます。

「好きだけど――好きなぶん、憎らしい……」

「……」

　絢さんは畳の上にグラスを置いて、檀くんの頭を抱き寄せました。頭を撫でると、檀くんはおとなしくされるがままになっています。

「――あ、初恋の子がいるじゃん。その子はどうなの？」

　何気なく絢さんが口にすると、檀くんは勢いよく彼女から離れました。

「初恋のことは言うな！」

檀くんは顔を真っ赤にして怒っています。

「なに、その子も兄さんにとられちゃったの?」

「違う、あれは――あれは――」

頭をかきむしったかと思うと、檀くんは「うっ」と口を押さえました。顔が今度は青ざめています。

「えっ、気持ち悪い? 急に動くからだよ。立てる?」

あわてて絢さんは檀くんをトイレにつれてゆきました。よろめいてトイレの床にうずくまる檀くんの背中を絢さんはさすってあげています。

「うう……気持ち悪い……」

「吐いちゃえば楽になるって。吐けない? そういうときはこうするんだよ」

絢さんは容赦なく指を檀くんの喉《のど》に突っ込みました。しばし檀くんのうめき声が続き、その間ずっと絢さんは背中をさすっていました。

「……もういい? じゃあ顔洗っといで」

絢さんは檀くんを洗面所に向かわせると、六畳間に布団を敷きました。戻ってきた檀くんを見て、絢さんは目をみはります。

「ちょっと、タオル、タオル! なんで拭いてこないの」

檀くんの顔は濡《ぬ》れたままで、ぽたぽたと雫《しずく》が滴り落ちていました。洗面所からタオルをとってきた絢さんは、檀くんの顔や前髪を丁寧《ていねい》にぬぐっていきます。

「はあ、手のかかる子だなあ」

檀くんの顔を拭く絢さんは、幼稚園児の世話を焼いている母親のようです。

「あーあ、服、汚れてるし濡れてるし……」

「眠い……」

「眠いじゃないよ、ほら、服脱いで」

檀くんは、吐いていくらか気分がすっきりすると、眠くなってきたようでした。目をこする檀くんのシャツのボタンを絢さんは外してゆきます。シャツを脱がせると、檀くんは甘えるように絢さんに寄りかかりました。

「はいはい」

絢さんは檀くんの背中をぽんぽんとたたきます。檀くんは絢さんを抱きしめて、目を閉じました。そのまま寝てしまいそうに、うとうとしています。

「はい、寝るんなら布団で寝ようね」

掛布団をめくって、絢さんは檀くんを布団に横たえました。顔を洗うさいに盛大に濡れた服をすべて脱がせてゆくあいだに、檀くんは安らかな寝息をたてはじめます。その顔をのぞきこんで、絢さんは「やれやれ」とちょっと苦笑しました。

――翌朝、檀くんが目を覚ましたのは、すっかり陽《ひ》がのぼってからでした。

絢さんはいません。檀くんが目を覚ますより前に、彼の洗濯物を抱えて出てゆきました。たぶん、近くのコインランドリーでしょう。

檀くんは、しばらく状況がわからないようで、周囲を眺めていました。やがてそろそろと起きあがった彼は、「う……」とうめいて口を押さえました。顔色が冴《さ》えないところを見ると、昨夜の酒が残っていると思われます。胸の辺りをさすった檀くんは、「ん?」と自分の体を見おろして、ぎょっと目を剝《む》きました。

「なっ……なっ……」

檀くんはあわてて掛布団の下を確認します。そして青ざめました。

そのとき、鍵を開ける音がして、絢さんが戻ってきました。絢さんは起きている檀くんに気づいて、「ああ、目が覚めた?」と笑いかけます。檀くんは泡を食ったように掛布団で体を隠しました。

「な……なんで俺、素《す》っ裸《ぱだか》なんだ?」

「なんでって、汚れたし、濡れたから」絢さんは手にしていた紙袋をかかげます。「大丈夫。洗って、乾かしてきたよ」

檀くんは青い顔で掛布団を抱きしめています。

「もしかして、覚えてないの? これだから酔っ払いはなあ」

「お、俺――」

記憶をたぐっているのか、檀くんは黙りこみました。「……覚えてない……」

「あれだけあたしにいろいろやらせておいて、ひどいね。まあいいけど」

「……」

檀くんは両手で顔を覆いました。

「気にしなくていいよ。あたしも忘れてあげる。よくあるしね」

「よくある!?」

驚いたように檀くんは顔をあげました。

「しょっちゅう酔っ払いをつれこんでるのか?」

「つれこんでるって、言いかた悪いな。介抱してあげてるんでしょうが」

「介抱っていうか、これ――」

檀くんは自分の体を見おろしています。紙袋から、音楽が鳴りだしました。

「ああ、そうだ。携帯電話がポケットに入ってて、あやうく洗濯するところだったよ」

絢さんは紙袋のなかから携帯電話をとりだして、檀くんに渡します。檀くんは電話の表示を見て、どうでもいい、というように布団の上に放りました。

「なに?　例の元カノ?」

「違う。元カノの二股を教えてくれた友だち」

絢さんは放りだされた電話を拾いあげます。

「それって、男と女、どっち？」

「おなじ学部の女の子だけど……」

だから？　とけげんそうな檀くんを尻目に、絢さんは鳴り続けている電話の通話ボタンを押してしまいました。

「おい――」

『篠沢《しのざわ》くん？　ごめんね、長く鳴らして。心配だったから――』

檀くんに向けられた電話から、甘ったるい女の子の声が聞こえてきます。

『大丈夫？　あのね、よかったら今度、一緒に遊びに行こう？　気晴らしに――』

絢さんは檀くんの代わりに電話を耳に押し当てました。

「――ご心配なく。檀のことはあたしが慰《なぐさ》めたから、大丈夫だよ」

そう言うと、絢さんは向こうの女の子がなにか言うのもかまわず、電話を切りました。

にっこり笑って、ぽかんとしている檀くんに電話を返します。

「ひとつ忠告しておくけど、友だちにしろ何にしろ、告げ口をしてくるようなひとには気をつけたほうがいいよ。その元カノよりずっとたちが悪いから」

電話を受けとって、檀くんは絢さんの顔を見つめました。

「……あの、俺……」

ちょっと赤くなった顔で、檀くんは落ち着かなげにうろうろと視線をさまよわせます。

「俺、昨夜のこと覚えてないんだけど、でも――」

「いいって。忘れたまんまのほうがいいと思うし。あたしも忘れるから」

「な――」

「若さゆえの過《あやま》ちってやつだよね。つぎからお酒飲むときは気をつけなよ。あたしはああいうの、慣れてるからいいけどさ」

「慣れて――」

「かわいかったけどね、昨夜の檀くん」

「……！」

「おっと」

枕が飛んできて、絢さんはそれを受けとめます。檀くんは真っ赤な顔で半泣きになっていました。

「ごめんごめん。かわいいは禁句だっけ。――はい、服」

絢さんは紙袋を檀くんにさしだします。檀くんはそれをひったくるように受けとって、絢さんをにらみつけました。

「あんたがそんなひとだとは思わなかった」

「は？」

……おそらく檀くんは昨夜のことについて大いなる誤解をひとつしているのではないか

と思うのですが、絢さんはそれをわかっていません。

　布団を被ってあわただしく服を着ると、檀くんは立ちあがり、まっすぐドアのほうを目指しました。

「あれ、帰るの？　コーヒーでも飲んでいけば？」

「いらない！」

　檀くんがたたき落とすように言うのにもかまわず、絢さんは彼の頭に手を伸ばします。

「寝癖ついてるよ、ここ」

　頭を撫でられて、檀くんは真っ赤になると、

「……ほっといてくれよ！」

　そう叫んで、部屋を飛びだしてゆきました。

「元気だなあ、二日酔いになるかと思ってたけど」と絢さんはのんきにつぶやきます。

「『かわいい』って言うとあんなに怒るんだなー」

　違います。絢さん、違います。

　それから檀くんは絢さんの部屋を訪れることはなくなりましたし、たまに顔を合わせると威嚇《いかく》する野良《のら》猫のような態度になります。絢さんはそれがまた面白いらしくてからかうので、ますます檀くんは絢さんが天敵になるのでした。

「――え？　檀があたしを苦手な理由？」

コーヒーを淹れていた絢さんは、テーブルのほうをふり返りました。そこにはすみれさんと、椿屋敷の若隠居に最近できたお嫁さん、香澄《かすみ》さんがいます。うららかな春の陽光のようなお嬢さんです。

テーブルの上には、香澄さんのお手製バナナタルトがのっています。若隠居とふたりで食べるには多いので、すみれさんと絢さんに持ってきてくれたのです。

「酔っぱらった檀をさ、介抱したことがあってね。まー、たいへんだったんだよ。泣くわ吐くわで。それからだね」

「介抱してもらったのに、苦手になるんですか」

「恥ずかしいとこ見せちゃったからじゃない？　素っ裸にもしちゃったし」

「す、素っ裸？」

「吐いたもので汚れてたし、顔を洗ったときにびしょびしょになっちゃったもんだから、脱がせたんだよ。それがまずかったかなあ。『かわいい』って言ったら怒っちゃったし」

「それで怒るところがかわいいのにねえ」

すみれさんが笑います。

「そのときって、あれでしょ、元カノに長らく二股かけられてたのに、気づかなかったってやつでしょ」

「そうですよ。どうも檀は女性不信っぽいところがありますね。毎回、好きな子を若隠居にとられてたみたいで」

「えっ」

香澄さんがびっくりしたように目を丸くしています。絢さんはあわてて手をふりました。

「ああ、若隠居が能動的に奪ってたとかじゃないよ。女の子たちがいつもお兄さんのほうを好きになってしまうんだってさ。不憫《ふびん》だよねえ——そうだ、すみれさんは知ってます？ 檀の初恋の相手」

コーヒーを注いだマグカップをそれぞれの前に置きながら、絢さんは訊きました。

「んん？」すみれさんは眉をあげます。「初恋がどうかした？」

「いや、その初恋の相手も若隠居がかっさらっていったのかなあと」

「あー、違う違う」

すみれさんはコーヒーを飲み、バナナタルトを頬張りました。

「あれは檀が小学生のころだったわね。あの子、道端で見かけた美女に恋したのよ」

へえ、と絢さんと香澄さんは興味津々《しんしん》の顔ですみれさんの話に耳を傾《かたむ》けています。

「夏の日だったわ。白いワンピースを着て、日傘をさしていたわね。長い黒髪がきれいでねえ。檀はぽうっとした顔で見つめていたわよ」

「見てきたように言うんですね」

「あら、見てたわよ。だってその美女、あたしだもの」

沈黙が落ちました。

「え……ええっ⁉」

香澄さんが声をあげました。絢さんは、頰杖をついた姿勢で、目をみはっています。

「す……すみれさんが、檀さんの初恋の相手なんですか？」

「そうよ」とすみれさんは満面の笑みを浮かべます。

「きれいだったのよお、あたし。まあいまでもきれいだけど。あのころはあたし、盆正月でも実家に足を運ぶことってなかったから、檀はあたしをよく知らなかったのよね。話しかけたら真っ赤になっちゃって、かわいかったわあ」

「……それ、檀さん、事実を知ったあとは……？」

「飼い主に裏切られた犬みたいな顔してたわね」

檀くんは、女運がないとしか言いようがありません。

「あら、あたしんとこに誰か来たみたい」

隣の部屋で呼び鈴が鳴っています。すみれさんがドアを開けて外に出ると、隣の部屋の前にいたのは、檀くんでした。

「檀じゃない。噂《うわさ》をすれば影ってほんとね」

「噂?」と檀くんは顔をしかめます。「なに話してたんだよ、すみれさん」

「まあまあ、いいじゃないの」

檀くんはいつものように風呂敷包みをたずさえています。それをすみれさんに渡してそそくさと帰ろうとするのを、絢さんが呼びとめました。

「檀、香澄ちゃんが作ったバナナタルトがあるよ。食べていきなよ」

「いかない」

逃げだそうとする檀くんの腕を、絢さんはむんずとつかみます。

「まあ食べなって。おいしいから」

「は……放せよ!」

もがく檀くんを、絢さんは部屋に引っ張りこもうとします。ぎゅっと握られた腕に、檀くんは顔を赤くしていました。彼の顔がすこし切なそうにゆがめられるのを、絢さんはわかっているでしょうか。——たぶん、わかっていません。

檀くんは手をふり払い、絢さんから逃げだしました。門まで走ったところで立ちどまり、ふり返ります。絢さんはまだドアの前に立っていて、檀くんに向かって手をふりました。

檀くんはぷいと顔を背《そむ》け、門を出てゆきました。

彼の恋は成就《じょうじゅ》するのでしょうか。

そればかりは、わたしにもわかりません。

※この作品はフィクションです。実在の人物・団体・事件などにはいっさい関係ありません。

集英社オレンジ文庫をお買い上げいただき、ありがとうございます。
ご意見・ご感想をお待ちしております。

● あて先
〒101-8050　東京都千代田区一ツ橋2-5-10
集英社オレンジ文庫編集部 気付
白川紺子先生

契約結婚はじめました。

～椿屋敷の偽夫婦～

集英社
オレンジ文庫

2017年5月24日　第1刷発行

著　者　白川紺子
発行者　北畠輝幸
発行所　株式会社集英社
〒101-8050東京都千代田区一ツ橋2-5-10
電話【編集部】03-3230-6352
【読者係】03-3230-6080
【販売部】03-3230-6393（書店専用）
印刷所　図書印刷株式会社

※定価はカバーに表示してあります

ISBN 978-4-08-680131-7 C0193

集英社オレンジ文庫

ひずき優

そして、アリスはいなくなった

忽然と消えたネットアイドル・アリスの
未発表動画を偶然見つけた新聞部の響子。
文化祭でアリスの正体を発表すべく
始めた調査で、普段は接点のない同級生
4人の複雑な関係とアリスへの
関わりを知ることとなり…?

集英社オレンジ文庫

織川制吾

先生、原稿まだですか!

新米編集者、ベストセラーを作る

念願の文芸編集者になった栞。
だが、担当についた憧れの作家は
デビュー以来筆を止めてしまっていた。
さらにベテラン作家の次回作で
「売れる本とは?」という難題にぶつかり…。